Schöner als Fliegen

Uwe-Michael Gutzschhahn, geb. 1952, ist Autor, Übersetzer, Herausgeber, Lektor und Literaturagent. Er leitete sechs Jahre lang das Kinder- und Jugendbuchprogramm des Hanser Verlags und lebt in München.

Schöner als Fliegen

Liebesgeschichten

Herausgegeben
von Uwe-Michael Gutzschhahn

CARLSEN

Originalausgabe
Veröffentlicht im Carlsen Verlag
Mai 2004

Umschlagbild: Doris K. Künster
Umschlaggestaltung: Doris K. Künster / Britta Lembke
Corporate Design Taschenbuch: Dörte Dosse
Gesetzt aus der Meridien und Frutiger
von Dörlemann Satz, Lemförde
Druck und Bindung: GGP Media, Pößneck
ISBN 3-551-35330-1
Printed in Germany

Come away with me and we'll kiss
On a mountaintop
Come away with me
And I'll never stop loving you.

Norah Jones

Inhalt

Axel Niebergall

Der Zirkusbär

für Jenny

Die Blätter waren welk, als der Zirkus in die Stadt kam. An einem so trostlosen Tag, der ständig mit Regen drohte, erloschen die Farben, die im Sonnenschein der letzten Woche geleuchtet hatten, und stumpfes, feuchtes Laub lag auf dem Bolzplatz. Die Männer in grauen Overalls arbeiteten langsam und das rote und blaue Zelt erhob sich träge neben beinahe kahlen Bäumen.

Plakate verkündeten seit Wochen, dass der Zirkus in Doerpen seine letzte Jahresvorstellung geben würde. Zirkus hielten wir für Kinderkram und ich kann nicht sagen, dass die Jungs und ich ihn sehnsüchtig erwarteten. Aber als wir den Bolzplatz erreichten, kam aus einem Wohnwagen laute Rockmusik, die sich nicht nach Zirkus anhörte. Überall blätterte Farbe und wir warteten vergeblich darauf, dass sich ein Artist in glitzerndem Kostüm zeigte. Niemand machte mit viel versprechendem Lächeln Flickflacks oder Saltos. Wir sahen auch keine Jongleure mit bunten Bällen oder Kegeln, keine Zauberer mit Zylinder, stattdessen nur die geruhsame Arbeit der Zeltbauer.

Wir gingen um das Gelände herum und versuchten einen Blick auf die Tiere zu erhaschen. In einer Koppel hinter dem großen Zelt grasten drei weiße Pferde. Alex machte mich darauf aufmerksam, dass es Hengste waren, und das Grinsen in seinem Gesicht brachte ihm einen Rippenstoß von Henning ein. Offenbar hielten beide seine Bemerkung und den ausgestreckten Zeigefinger in irgendeiner Weise für anzüglich. Hennings Verhalten ärgerte mich. Er stellte sich zwischen mich und Alex, der ihm noch etwas zuflüsterte, und beide grinsten. Ich mochte nicht nachfragen. Wenn Henning mich von einem Spaß ausschließen wollte, war das seine Sache.

Ich hatte für Pferde nicht viel übrig, trotzdem waren die kraftvollen, schlanken Tiere beeindruckend und ich stellte mir vor, auf einem solchen Hengst zu reiten. Ich erwog sogar, meine Eltern wegen Reitstunden zu fragen. Ich wusste, wenn ich meinen Vater umarmte und ihn eindringlich um etwas bat, konnte ich beinahe alles haben. Aber die Faszination der Pferde verschwand auf der Stelle, als ich den Elefanten sah.

Ein Junge, der etwa so alt war wie wir, trieb ihn aus einem rot gestrichenen Anhänger. Es war das größte Tier, das ich bis dahin gesehen hatte. Ein Bulle, grau und braun, so faltig, dass ich dachte, ich könnte mich in seiner Haut verkriechen. Der Junge kippte eine Schubkarre mit Kohlköpfen aus, die der Elefant mit seinem Rüssel aufnahm und in sein riesiges Maul stopfte. Er schien dabei zu lächeln, aber seine Augen blieben stumpf.

Wir waren uns einig, dass wir gleich heute die erste Vorstellung sehen mussten, wobei wir uns versicherten, dass es bestimmt ganz langweilig würde. Wir trennten uns, um zu Hause um Erlaubnis zu fragen. Das heißt, nur ich fragte. Wenn ich abends mit den beiden Jungs unterwegs sein wollte, war es besser, mein Vater gab vorher sein Okay.

Wir verabredeten uns an der Kasse zu einer Zeit, lange bevor der Einlass begann. Ich traf als Erste ein und hoffte, dass Henning genauso pünktlich wäre wie ich. Aber ich musste noch eine ganze Weile warten und dann bog Henning mit Alex im Schlepptau um die Ecke. Wahrscheinlich hatten sie den Rest des Nachmittags zusammen und vor allem ohne mich verbracht.

Ich saß zwischen Alex und Henning in der zweiten Reihe. Es war eng, das nicht sehr große Zirkuszelt war überfüllt und auf beiden Seiten spürte ich die Beine der Jungen eng an meine gepresst. Es war aufregend, Henning so nah zu sein. Die Menge klatschte und wir klatschten mit, viel zu aufgedreht, um auch nur eines der pompösen Begrüßungsworte des Direktors zu verstehen.

Die Vorstellung begann mit den drei Hengsten, die wir am Nachmittag in der Koppel gesehen hatten. Sie waren noch viel schöner als zuvor, ihr Dompteur hatte sie mit bunten Bändern geschmückt, jeder trug einen andersfarbigen Blumenstrauß auf dem Kopf (es war bestimmt kein Blumenstrauß, aber in meiner Erinnerung schon), rot, blau und gelb. Der Dompteur war ganz in Weiß, passend zum Fell der Tiere. Der Applaus war mehr pflichtschuldig als begeistert, doch ich klatschte mit der ganzen Bewunderung, zu der ich fähig war. Am Ende neigten die Pferde ihre Hälse vor dem Publikum, dann gab der Dompteur ihnen Befehl, die Manege zu verlassen, er selbst ging neben ihnen hinaus. Ein Hengst blieb plötzlich zurück, wurde langsamer, ohne dass es der Dompteur zu bemerken schien, und blieb schließlich stehen. Dann wandte er sich dem Publikum zu, stieg auf die Hinterbeine und wieherte.

Während er noch dem Publikum zu imponieren versuchte, schlich sich ein Clown in schäbigen, weiten Kleidern und mit einer riesigen, roten Nase in die Manege. Aber Karlo, was machst du denn noch hier? Die Nummer ist doch längst vorbei!, rief er. Das Pferd schaute ihn an und schüttelte seinen gewaltigen Schädel in einer verneinenden Geste, so dass die Mähne hin und her flog. Ich lachte, als der Clown das Pferd überzeugen wollte Platz für die nächste Nummer zu machen.

Ich bemerkte, dass Hennings Blick umherschweifte, und dann machte er mich darauf aufmerksam, dass weiter oben Vorbereitungen für einen Hochseilakt getroffen wurden. Ich wollte ihn anlächeln und ihm etwas zuflüstern, aber er achtete nur auf das Geschehen über uns.

Der Applaus für Clown und Hengst war viel herzlicher als bei der Pferdedressur zuvor. Der Direktor erschien wieder und kündigte an, dass nun Tatjana ihr Können auf dem Hochseil zeigen würde. Es wäre ausgesprochen gefährlich, da sie ohne Netz arbeite und obendrein noch sehr jung sei, gerade zwölf, und er bat das Publikum um hundertprozentige Ruhe.

Das Mädchen erschien und stieg die Leiter hinauf zum Seil. Der Applaus war verhalten, schon jetzt von der Spannung aufgezehrt. Zwölf war das Mädchen sicher nicht, es wirkte eindeutig älter als Henning, Alex oder ich. Es hielt sich gerade, die Bewegungen bewusst abgemessen, und das runde Gesicht wirkte unnatürlich konzentriert.

Durch die Beine der Jungs zu beiden Seiten von mir spürte ich die Aufregung, mit der sie jeden Schritt der Seiltänzerin verfolgten, ihre Augen hüpften geradezu über ihren Körper. Das silbrige Trikot, das sie trug, war hauteng und ich merkte, dass sie mir nicht gefiel. Sie bewegte sich zu bewusst, zu elegant, als dass ich mich irgendwie mit ihr hätte identifizieren können. Zu sehr damit beschäftigt, Hennings Aufmerksamkeit auf sich zu ziehen.

Sie stand nun ganz oben über den Leuten. Das Zelt war nicht riesig, aber die Höhe wirkte immens. Sie streckte einen zierlichen Fuß vor, Henning und Alex hielten den Atem an. Dann streckte sie ihre schlanken

Arme zur Seite und betrat das Seil. Sie beugte sich vor, ihr Körper schwenkte nach unten, langsam erhob sie sich in einen Handstand und spreizte ihre Beine, bis sie eine vollkommene Grätsche machte. Ihr Trikot funkelte. Dann drehte sie ihren Oberkörper, ein Bein zeigte nach vorn, eins nach hinten, auf einmal stand sie wieder und das Publikum klatschte wild, nur um einen Augenblick später erneut zu verstummen. Ich hatte nicht geklatscht. Henning und Alex beobachteten jede der Bewegungen, ihre Augen hingen wie trunken an den Beinen des Mädchens, den Armen, dem biegsamen Körper, und ich begann die Seiltänzerin zu hassen. Die Jungs verfolgten jeden Trick mit einer hingerissenen Spannung, die mich wütend machte. Ich war enttäuscht, vielleicht von Henning, vielleicht weil alle dieses Mädchen bewunderten, aber wofür? Ich funkelte die Seiltänzerin an und machte sie dafür verantwortlich, dass Henning nicht mal mehr meine Hand hielt, nachdem er mich vor dem Hochseilakt erst noch geküsst hatte. Nur Augen für sie hatte er plötzlich, für sie mit ihrem unnatürlich ernsten Gesicht und den abgezirkelten, sehnigen Bewegungen ihres Körpers.

Ich war froh, als die Darbietung vorüber war. Ich klatschte gezwungen, weil alle klatschten. Alex' und Hennings Gesichter waren gerötet und sie versicherten sich, wie geil sie die Vorstellung fanden. Die Seiltänzerin lächelte nicht mal, ihr Blick fuhr über das Publikum, wie ihr das wohl beigebracht worden war.

Ein quadratischer Teppich wurde auf dem Manegenboden ausgerollt, zwei Männer brachten einen Sessel, ein Tischchen, ein dritter ein Grammofon mit einem goldglänzenden Trichter. Als Nächstes erschien ein hagerer Mann, ganz in Schwarz, dessen Kopf ein weißer, ausladender Haarschopf zierte, ich dachte: sicher ein Dirigent. Im Publikum war es ruhig, nach der aufregenden Hochseilnummer war es dankbar für die Erholungspause. Der hagere Mann hatte eine Platte mitgebracht, die er auf das Grammofon legte, im nächsten Moment hörten wir die ersten Takte eines Walzers. Der Mann reckte sich zu seiner vollen Größe, die ziemlich beachtlich war, und wiegte sich mit der Musik, als würde er jeden einzelnen Takt genießen. Er dirigierte sogar. Seine Gestalt wirkte komisch, so dünn, dass es fast unnatürlich schien, der Hals lang, die Beine und der Oberkörper geradezu dürr, alles in allem zerbrechlich.

Zunächst entging mir die Bewegung am Vorhang. Henning machte mich drauf aufmerksam, indem er mir seine Hand aufs Knie legte, dass mir ganz warm wurde. Seine Berührung fühlte sich merkwürdig an, gerade hätte ich ihn am liebsten noch mit der Seiltänzerin sitzen lassen, aber das verging rasch, als ich das Gleiche sah wie er.

Ein Bär trottete auf allen vieren in die Manege. Sein Körper war massig, nicht nur wegen des zotteligen, dunklen Fells. Ich hielt den Atem an, wahrscheinlich hielt jeder den Atem an bis auf den Dirigenten vor dem Grammofon, der nichts von den Vorgängen hinter sich bemerkte. Ich dachte, jeden Moment müsste doch ein Dompteur hinter dem Bären erscheinen, jeden Moment würde jemand schreien. Etwas musste geschehen, das Tier hielt geradewegs auf den Ahnungslosen zu!

Als der Bär den Teppich erreichte, richtete er sich mit einem Ruck auf. Er war größer als der Mann und um ein Vielfaches breiter. Er machte einen Schritt auf den Mann zu, der immer noch ganz ergriffen von der Musik war, und ich dachte: Jetzt ist es aus mit ihm. Der Bär legte ihm eine Pranke auf die Schulter und der Mann schien unter dem Gewicht zusammenzusinken; gegen den gewaltigen Bären war er ein dürres Bäumchen. Doch auf einmal streckte der Mann seine Arme aus, als wollte er das Tier umarmen, und dann sah ich, wie sie zu tanzen begannen.

Der hagere Mann und der riesige Bär waren ein unglaubliches Paar, die Spannung im Publikum entlud sich in Gelächter und beifälligem Klatschen. Ich konnte nicht erkennen, wer von beiden führte, aber es musste wohl der Mann sein. Sie drehten sich langsam und sehr elegant im Kreis, rund um das Grammofon tanzten sie, der Bär wirkte überhaupt nicht mehr bedrohlich und schon gar nicht schwerfällig. Der Mann verschwand fast im Fell des Bären, aber das Tier behandelte ihn so vorsichtig, als hätte es gar kein Gewicht.

Das Publikum atmete auf, und als der Walzer endete, brandete Applaus durch das Zelt. Der Dompteur ließ den Bären los, verneigte sich, indem er in der Körpermitte zusammenklappte und sein Oberkörper zu den Beinen einen rechten Winkel bildete, während der Bär sich wieder auf seine Pfoten niederließ.

Wir sahen es diesmal wohl gleichzeitig: Die Nase des Bären war zerrissen und ausgefranst. Er schaute hin und her, wirkte verloren im Lärm des Applauses, aber dann bedeutete ihm sein Dompteur sich noch einmal aufzurichten und er gehorchte.

Waren die Augen des Elefanten heute Mittag stumpf gewesen, so waren die des Bären jetzt voller Leid. Auf einmal wollte ich keine Tiere mehr sehen, selbst wenn sie so schön waren wie die Pferde, weil sie doch alle so traurig waren wie der Bär und der Elefant. Der Zirkus war auf einmal wieder trostlos, sogar die Freude an den Tieren hatten sie uns genommen. Ich wollte hinaus, aber wir waren eingekeilt. Ich sagte zu Henning: Gemein, was die mit den Tieren machen. Er nickte wortlos.

Später vor dem Zelt konnte Henning nicht aufhören von dem Nasenring zu reden, den der Bär einmal gehabt haben musste. Er erzählte, dass in Russland Bären das Tanzen beigebracht wurde, indem ihre Herren an einer Kette zogen, die am Nasenring festgemacht war. Die Nase war der empfindlichste Körperteil, deswegen gehorchten die Bären, aus Angst vor dem Schmerz.

Ich wollte, dass Henning mich nach Hause brachte,

es war schon fast elf – aber natürlich nicht, weil ich mich allein fürchtete; ich wünschte mir einfach, dass er von sich aus drauf kam, mich zu begleiten. Stattdessen radelten wir drei in unterschiedliche Richtungen davon. Als ich zu Hause ankam, war ich wütend und traurig und ich musste unentwegt an den Bären denken, der so gemein behandelt wurde.

Bevor ich zu Bett ging, stand ich noch im Pyjama vor dem Spiegel und versuchte die Haltung der Seiltänzerin und ihre Handbewegungen nachzuahmen, aber ich war nicht so elastisch wie sie. Ich strich die Pyjamajacke glatt und versuchte mir meinen Körper in ihrem Kostüm vorzustellen. Ich wusste genau, was die Jungs an ihr bewundert hatten. Sie war viel schlanker als ich.

Wir trafen uns am nächsten Tag und sprachen nur über die unglücklichen Tiere, wobei uns der Zirkusbär am meisten bewegte. Einhellig beschlossen wir etwas zu unternehmen und das Einzige, was mir einfiel, war sämtliche Tiere zu befreien. Sie würden überall glücklicher sein als im Zirkus, wo sie jeden Tag ihre traurigen Nummern vorführen mussten. Henning nahm die Idee begeistert auf und ich strahlte ihn an, als hätte er mich noch einmal geküsst. Dann fiel uns ein, dass die letzte Vorführung am Sonntagabend stattfand. Noch in der gleichen Nacht würde der Zirkus abgebaut und die Artisten führen mit den Tieren ins Winterquartier. Wenn sie erst Doerpen verlassen hatten, konnten wir nichts mehr für sie tun. Es blieb also nur diese Nacht, aber ausgerechnet heute konnte Henning nicht mitkommen. Als er das sagte, hätte ich ihn am liebsten geohrfeigt.

Wir brauchten Henning. Für das Gelingen unseres Plans – den wir noch gar nicht hatten – war er unverzichtbar. Wenn einer die Tiere befreien konnte, dann er. Ohne ihn würden Alex und ich bestimmt erwischt werden. Außerdem konnte ich mir dieses Abenteuer ohne ihn gar nicht vorstellen (und wenn ich mir ausmalte, mit Henning in unserer wichtigen Mission durch das nächtliche Lager zu schleichen, war Alex nirgends zu sehen). Gleichzeitig wollte ich den Tieren aber so gern helfen, dass ich das Vorhaben nicht deshalb aufgeben konnte, weil Henning fehlen würde. Außerdem sollte er nicht glauben, dass ich das Ganze nur machen wollte, um ihn zu beeindrucken. Ich versuchte ihn zwar zu überzeugen, dass er den Geburtstag seiner Großtante unbedingt schwänzen müsse, doch gleichzeitig war ich mir bewusst, dass ich keine ausreichenden Argumente finden würde. Nicht einmal wenn wir uns weit nach Mitternacht verabredeten, würde er kommen können. Henning durfte seine Mutter die ganze Zeit nicht allein lassen.

Ich war wütend, als ich Henning nicht überreden konnte, und ich hätte unseren Kuss am liebsten wieder zurückgenommen. Ich machte ihm Vorwürfe, die Alex mit einem spöttischen Lächeln quittierte, Henning dagegen gelassen ertrug. Ich war ungerecht zu ihm, ich wollte ungerecht sein – er gehörte doch in mein Abenteuer. Ich konnte nichts unternehmen, nicht den Kuss zurücknehmen und ihm nicht die Freundschaft kündigen – dazu war ich viel zu verliebt in ihn –, und am Ende musste ich mich widerwillig abfinden. Ich beschloss, kein Wort mehr mit Henning zu reden, und bildete mir ein, dass er sehr darunter leiden würde, wenn ich nur lange genug durchhielt.

Blieben also nur Alex und ich. Ich konnte Alex ansehen, dass ihm das auch nicht recht war. Was hatten er und ich außer Henning schon gemeinsam? Widerwillig verabredeten wir uns gegen Mitternacht am Kriegerdenkmal.

Meine Eltern gingen wie immer früh ins Bett. Ich hatte keine Schwierigkeiten, mich aus dem Haus zu schleichen. Sie rechneten nicht damit, dass ich so etwas machte, doch in dieser Nacht war ich gewillt ihr Vertrauen auszunutzen. Wären sie ein wenig misstrauischer gewesen, ich hätte Alex versetzen können und noch eine gute Ausrede dafür gehabt. Leider funktionierte alles reibungslos.

Alex hatte größere Schwierigkeiten. Herr Kaczmarek passte sehr gut auf ihn auf und ihm war sehr wohl bewusst, dass Alex zu allem fähig war. Aber die Villa war groß und unübersichtlich, Alex hatte sein Zimmer in einem ganz anderen Flügel als der Assistent seines Vaters und Alex erzählte mir, als wir uns trafen, dass er sich durch das Poolhaus in den Garten geschlichen hatte. Er machte Andeutungen, dass es nicht das erste Mal war, ich hörte dagegen nur, dass es in dem Haus einen Pool gab! Es wäre mir nie eingefallen, dass meine Eltern arm seien. Ich hielt meine Familie sogar für wohlhabend, weil wir in einem ansehnlichen Haus wohnten. Henning und seine Mutter hatten nur eine Wohnung mit drei Zimmern. Aber dass es bei Alex sogar ein Haus für den Pool gab, verschlug mir den Atem. Alex machte nie den Eindruck, als ob sein Vater reich wäre. Er trug immer die gleiche dunkle Jeans und unauffällige graue T-Shirts. Ich tat trotzdem so, als beeindruckte mich der Pool überhaupt nicht.

Vom Kriegerdenkmal war es nicht weit zum Bolzplatz, doch wir brauchten Zeit, um uns auf einen Plan zu einigen. Alex hatte einen, ich ebenfalls, und wir gerieten uns sofort in die Haare. Ich wollte mich von der Straße her in den Zirkus schleichen, aus dem Schutz der Bäume, die den Bolzplatz einrahmten. Alex wollte sich von hinten anschleichen, wo ein kleines Waldstück lag, das uns Deckung geben konnte. Sofort erschien mir mein eigener Plan kindisch und dumm, aber das wollte ich vor Alex nicht zugeben. Schließlich erklärte er, dass wir erst den Bolzplatz beobachten müssten, um zu sehen, ob die Artisten bereits schliefen. Ich hatte keinen Augenblick darüber nachgedacht, dass sie in ihren Wagen schlafen würden und uns hören könnten, wenn wir nicht leise waren. Ohne es laut zu sagen stimmte ich Alex' Plan zu. Wir machten uns auf den Weg.

Es war eine Herbstnacht, und so warm die Tage

auch erschienen, sobald die Sonne unterging, wurde es eisig. Ich trug eine rote Windjacke und Jeans, aber mich fröstelte trotzdem während des kurzen Gangs. Alex trug nur einen schwarzen Pullover, doch der schien ihm zu genügen. Er machte eine Bemerkung über mein Zähneklappern und ich fauchte ihn an, dass mir gar nicht kalt sei. Aber mir war eiskalt und ich war müde und Alex war ein Besserwisser und das ganze Abenteuer nicht so, wie ich es mir ausgemalt hatte. Henning sollte hier sein! Er hätte mich anstatt eine altkluge Bemerkung zu machen einfach an sich gezogen und mich gewärmt oder mir selbstlos seinen Pullover überlassen. Ich hätte mir bei Henning auch gar keinen eigenen Plan ausdenken und mich dann mit ihm drüber streiten müssen. Dieses Abenteuer dauerte erst eine Dreiviertelstunde und am liebsten hätte ich es schon abgeblasen. Daran war nur Alex schuld.

Der Zirkus war still, dunkel und leer. In keinem der Wagen brannte Licht, das Zelt war ein schwarzer Schattenriss vor dem Sternenhimmel und das Gelände machte einen abweisenden Eindruck. Ich weiß nicht, was ich mir vorgestellt hatte, aber in meiner Fantasie leuchtete das Zelt auch in der Nacht rot und blau, alles war mir viel farbiger als diese düstere Wagenburg erschienen.

Wir schlichen uns von hinten durch die Bäume heran und Alex sondierte die Lage. Während ich mich hinter einem Busch versteckte, lief er geduckt an den hintersten Wagen und verschwand dort im Schatten. Ich achtete aufmerksam auf alle Bewegungen, aber ich konnte ihn nicht mehr sehen. Zwei Minuten später erschien er neben mir und gab Zeichen, dass niemand mehr unterwegs war. In seinen dunklen Klamotten war er so gut wie unsichtbar und ich trug ausgerechnet meine rote Lieblingsjacke. Alex hatte sich offenbar deutlich mehr Gedanken über die Befreiungsaktion gemacht als ich. Trotzdem war er kein Ersatz für Henning.

Anfangs schlichen wir von einem Schatten zum nächsten, blieben dicht beieinander und lauschten bei jedem Geräusch. Dann aber gingen wir beinahe offen zwischen den Tierkäfigen durch und dachten nur, wenn überhaupt, daran, uns im Flüsterton zu unterhalten. Ich hielt mich dicht hinter Alex. Wir waren leichtsinnig, doch ich glaube, das gehörte dazu.

Die Tiere schliefen, in der Finsternis waren sie nicht mehr als Schemen hinter Gittern und Heuhaufen. Die Pferde in ihrer Koppel, der Elefant ein gewaltiger Hügel, der manchmal zitterte. Die Löwen sahen wir zunächst gar nicht, denn ihr Wagen lag im Schatten des großen Zelts. Was ich nicht erkennen konnte, zeigte mir meine Fantasie. Ich bildete mir ein, dass alle Tiere mit offenen Augen auf uns warteten. Vielleicht hatte sich unsere Rettungsaktion herumgesprochen, vielleicht hatten sie einen sechsten Sinn für die Vorhaben anständiger Leute, jedenfalls war ich davon überzeugt, dass sie still auf ihre Befreiung warteten.

Es war aufregend, mitten in der Nacht zwischen den wachen Tieren zu stehen, jeden Moment davon bedroht, entdeckt zu werden. Es war so spannend wie in einem Roman – und ich dachte, wie dort ohne ernste Konsequenzen. Am deutlichsten erinnere ich mich an den Geruch, diese Mischung aus Mist und Stroh, darüber der starke Eigengeruch der wilden Tiere, der mir zwischen den Käfigen in die Nase stieg. Er war anders als jeder andere, den ich bis dahin gerochen hatte, wilder und unbeherrschter, auch mich machte er wild und unbeherrscht. Die ganze Situation stieg mir zu Kopf, bald ging ich neben Alex, aufrecht und mutig. Schließlich war ich wegen der Tiere hier und Henning konnte bleiben, wo er wollte.

Leider hatte ich mir nicht überlegt, wie die Befreiung überhaupt vonstatten gehen sollte. Henning hätte sicher eine Idee gehabt, aber Alex und ich standen schließlich vor den Käfigen und wussten nicht, womit wir anfangen sollten. Die Pferde aus der Koppel zu lassen war nicht schwierig. Aber wollten wir tatsächlich mit denen beginnen? Mit den Löwen war es unmöglich. Wir hatten ja während der Vorstellung gesehen, dass sie kaum gezähmt waren und selbst ihr Dompteur Schwierigkeiten hatte, sie unter Kontrolle zu halten. Wenn wir als Erstes die Löwen befreiten – oder wenn wir die Löwen überhaupt befreiten –, konnte es gut sein, dass sie überhaupt nicht dankbar waren. Alex sagte noch mal, dass die Pferde und der Elefant das geringste Problem wären, bestimmt fänden sie sich leicht zurecht; doch wenn wir drei Pferde und einen Elefanten befreiten, veranstalteten sie sicher Lärm, sobald sie fluchtartig davonstürmten. Allein die Tritte des Elefanten dürften genügen den gesamten Zirkus zu wecken. Wir steckten in einem Dilemma, denn gerade den Elefanten wollte ich auf jeden Fall retten. Wen nahmen wir also als Ersten, wenn nicht den Elefanten?

Der Zirkusbär hatte einen Wagen für sich allein. Alex förderte aus seiner Hosentasche einen Dietrich zu Tage und behauptete, er könne damit umgehen. Er kam nicht ohne weiteres an die Gittertür heran und ich musste ihn stützen, als er auf der Anhängerkupplung balancierte, um das Schloss zu öffnen. Den Bären sahen wir nicht, hatten ihn in dieser Nacht auch noch nicht gesehen, offensichtlich hatte er sich in die hinterste Ecke seines Wagens verkrochen. Ich hielt Alex an den Beinen fest und versuchte ihm dabei nicht zu nahe zu kommen. Unabsichtlich hielt er mir seinen Hintern ins Gesicht und davon war ich wirklich nicht begeistert. Der Dietrich kratzte im Schloss – später fragte ich mich, woher Alex wohl einen Dietrich hatte – und es schien eine Ewigkeit zu dauern, in der ich wieder daran zweifelte, dass Alex überhaupt zu irgendwas taugte. Auf einmal gab er ein zufriedenes Glucksen von sich, es hörte sich an wie bei einem Kleinkind, dann ließ sich Alex nach hinten fallen und beinahe hätte er mich dabei umgerissen. Er streckte die Arme nach mir aus und hielt mich fest, bevor ich umfallen konnte, und während Alex mich im Arm hielt und wir beide sahen, dass sich die Gittertür langsam öffnete, schlug mein Herz so schnell, dass ich ihn am liebsten geküsst hätte. Der stechende Geruch des Bären, die Angst vor der offenen Tür und dem schwarzen Dunkel dahinter, gleichzeitig die Arme, die mich umschlungen hielten, es war die richtige Situation – und der falsche Junge.

Alex fing meinen Blick auf und ich wusste, dass er mich küssen würde, wenn ich auch nur eine Bewegung machte, die ihn dazu einlud. Und obwohl ich in Henning verliebt war, hätte ich es in diesem Moment sogar zugelassen, weil es so wild und richtig erschien.

Die Gittertür quietschte und der Schatten dahinter bewegte sich.

Wir ließen uns los – ich fasste nach Alex' Hand, er nahm meine –, wir wichen vor dem Bären zurück, der die Gittertür neugierig mit dem Kopf anstupste. Als sie sich weiter öffnete, akzeptierte er die Einladung. Überhaupt nicht schwerfällig machte er einen kleinen Satz und landete mit den Vordertatzen im dunklen Gras. Er sah sich um, auch zum Käfig sah er zurück, als wartete er auf irgendwas, uns schien er nicht zu bemerken. Dann trottete er vorbei, verschwand hinter einem Wagen und erschien wieder am Ausgang, einer für mich damals kaum hüfthohen Pforte aus hölzernen Latten, die er einfach niederdrückte.

Einer der Löwen hinter uns gab ein leises Knurren von sich. Dann sah ich, dass die Pferde nicht nur wach waren, sondern am Rand der Koppel standen und alles beobachteten. Nur der Elefant rührte sich nicht. Der Bär verließ den Zirkus.

Ich hielt noch immer Alex' Hand! Sofort ließ ich los, aber Alex verstand das offenbar falsch. Er ließ mich stehen, rannte bis zur Pforte und schaute nach dem Bären. Ich holte Alex ein, wollte etwas zu ihm sagen, das ihn zurückwies und verletzte, wollte gleichzeitig, dass er mich wieder in den Arm nahm – Henning hatte mich nur geküsst und Umarmen erschien mir im Augenblick viel besser –, aber der Bär folgte in gemütlichem Tempo dem Gehweg und hielt auf die Ortsmitte zu. Im nächsten Augenblick war er verschwunden. Alex sah mich an, er grinste, was ich nicht verstand. Wie konnte er sich in einem solchen Augenblick amüsieren – nur weil er mich gehalten hatte? Kein Gedanke mehr an andere Tiere, ihre Befreiung war vollkommen vergessen. Alex lief dem Bären nach, und als ich zurückschaute, sah ich, dass die Pferde in der Koppel hin und her liefen und in einem Wohnwagen jetzt Licht brannte.

Ich wollte Alex einholen und ihn davon überzeugen, dass er sich irrte, dass ich ihn sicher niemals geküsst hätte, aber er hatte den Moment anscheinend schon vergessen, er konzentrierte sich auf die Verfolgung des Bären. Und natürlich war es das Vernünftigste: Egal wie viel Mitleid das Tier im Zirkus erregt haben mochte mit seiner zerrissenen Nase und den traurigen Augen, es hatte auch Krallen und scharfe Zähne. Auf einmal bekam ich Angst vor meinem eigenen Mut und vor diesem Abenteuer. Wir mussten hinter dem Bären her ohne zu wissen, was wir anstellen sollten, wenn er jemanden anfiel. Wir konnten nicht mal abschätzen, wohin er eigentlich unterwegs war! Doerpen ist nicht sehr groß und die meisten Häuser gruppieren sich entlang der Hauptstraße. An einer Kreuzung liegt die Feldsteinkirche mit ihrem frei stehenden schwarzen Glockenturm, drum herum ein paar Läden, am Ortsausgang schließlich der einzige Gasthof von Doerpen. Danach Felder, etwas Wald, schließlich eine Bundesstraße und die nächste größere Heidefläche, an die sich das englische Manövergebiet, die Roten Flächen, anschloss. Wenn der Bär unterwegs niemanden traf, konnte er bis in den Wald entkommen. Es wäre für alle das Beste, wenn er dort verschwand. Ich schob beiseite, dass ich Alex' Hand genommen hatte. Es war sowieso viel besser, vernünftig zu sein, dem Bären zu folgen und Schlimmeres zu verhindern, als daran zu denken, dass Henning mich nun erst recht nicht mehr küssen würde.

Als ich Alex zum zweiten Mal einholte, war das Grinsen nur noch ein Schatten in seinem Gesicht. Einerseits schien er entschlossen weiter dem Bären zu folgen, andererseits konnte ich spüren, wie viel Furcht ihm seine eigene Entschlossenheit einflößte. Nichts konnte garantieren, dass der Bär nicht auf einmal umkehrte und sich aus lauter Undankbarkeit auf seine Befreier stürzte. Zwischendurch dachte ich, dass Alex doch besser mit den Pferden angefangen hätte oder mit dem Elefanten. Jungs müssen es immer übertreiben.

Wir hörten Musik vom Ende des Orts und das beruhigte uns ein wenig. Den Bären hatten wir aus den Augen verloren, aber die Musik schien uns das Gefühl von Sicherheit zu geben. Im Schutz einer dichten Hecke erreichten wir den Parkplatz vor dem Gasthof. Hier gab es Licht, es fiel bläulich durch die Fenster auf einige Autos. Ein großes Seitentor stand offen, durch das wir den Betrieb im Saal erahnen konnten, nur die Band sahen wir nicht, die Hennings Großtante engagiert hatte. Es war deutlich nach ein Uhr und das Fest schien gerade seinen Höhepunkt zu erreichen. Wir hielten nach Henning Ausschau, aber wir entdeckten ihn nicht. Alex und ich befanden uns in einer Notsituation, Henning wäre jetzt auf jeden Fall in der Lage gewesen, uns zu helfen. Das wäre doch ein sehr guter Grund gewesen, das Fest zu verlassen, egal ob es seiner Mutter gut ging oder nicht.

Aber dann – Henning sah alles, bemerkte alles, er hätte auch sofort gesehen, was ich heute Nacht getan hatte. Er hätte nur Alex und mich anschauen müssen und erkannt, dass ich ihn betrogen hatte, dass ich Alex beinahe geküsst, dass ich seine Hand gehalten hatte, und ich wollte einfach nicht, dass er herauskam und uns half, nur um dann nie wieder ein Wort mit mir zu reden.

Während ich noch überlegte, wie ich Alex zum Schweigen bringen konnte, erschien ein Mann im Durchgang zum Saal. Ich erkannte ihn nicht sofort, er stand im Gegenlicht. Dann trat er auf den Parkplatz hinaus und ich konnte erkennen, dass es Hennings Großvater war. Er war Anfang sechzig, soweit ich wusste, aber in diesem nächtlichen Licht wirkte er älter und müder. Er wischte sich über die Stirn und zündete sich eine Zigarette an.

Alex und ich hielten uns verborgen. Hennings Großvater durfte uns nicht sehen. Er kannte mich und bestimmt auch Alex, doch viel schlimmer, er kannte meine Eltern und bestimmt auch Alex' Vater. Er hätte uns unnachgiebig ausgefragt und weder Alex noch ich wären in der Lage gewesen, unsere Aufregung zu verbergen und irgendeine Geschichte zu erfinden. Hennings Großvater wollte offenbar nur frische Luft schnappen und dann wieder in den Saal zurück. Hinter ihm begann die Band einen Walzer zu spielen, der sich auf der Hammondorgel schauerlich anhörte. Je weiter Hennings Großvater auf den Parkplatz hinauskam, desto tiefer wichen wir in den vermeintlich sicheren Schatten zurück.

Der Bär erschien am Rand des Parkplatzes, aus einer völlig anderen Richtung, als wir ihn vermutet hatten. Wenn ich sage, dass *wir* ihn kommen sahen, dann heißt das Alex und ich, nicht aber Hennings Großvater. Der Bär trottete jetzt nicht mehr gemächlich, er blieb stehen und fixierte das einzige Lebewesen, das diesen Ort sichtbar mit ihm teilte. Dann erhob er sich auf die Hinterläufe und schritt mit erhobenen Pranken auf Hennings Großvater zu. Ich war zutiefst erstaunt, wie riesig der Bär im Vergleich zum Menschen wirkte, noch dazu aus dieser Nähe, die nichts mit der Manege gemein hatte. Ich war wie gelähmt. Die Unterlippe des Bären hing schlaff herab, bei jedem andern hätte das zu einem debilen Ausdruck geführt, aber bei ihm war es eine Drohung. Dann hörte ich ihn knurren.

Hennings Großvater hörte es auch, jetzt drehte er sich um – im nächsten Moment fielen die Pranken des Bären auf ihn nieder.

Hennings Großvater brach nicht zusammen, er ging unter der Last nicht einmal in die Knie. Der Bär war so riesenhaft, dass der Mann vollständig in seinem Schatten verschwand. Dann drehten sie sich.

Der Walzer spielte noch immer und der Bär bewegte sich vorzüglich im vertrauten Takt. Er stellte die Füße vor und zurück, Hennings Großvater reagierte darauf und ich bin fest überzeugt, dass er sich von dem Bären führen ließ. Der Bär tanzte mit ihm, wie er es gelernt hatte, und dem Großvater blieb nichts anderes übrig als ihm zu gehorchen. Die mächtigen Tatzen lagen auf seinen schmalen Schultern, das schwarze Oval seines Gesichts kaum eine Handbreit von der offenen Schnauze des Bären entfernt.

Als die Musik endete, kam aus dem Saal gedämpfter Applaus und der Bär ließ von Hennings Großvater ab. Er trottete in Richtung Freiheit, als wäre nichts geschehen. Im nächsten Moment sah ich Hennings Großvater zusammenbrechen, dann riss Alex mich fort.

Wenn er und Alex nicht vor meiner Tür erschienen wären, ich hätte Henning bis zum Ende meines Lebens oder wenigstens bis zu den nächsten Ferien gemieden. Alex und ich hatten uns noch in der Nacht geeinigt, dass Henning zumindest alles über die Bärenbefreiung erfahren musste, aber noch vor meinem Haus – Alex begleitete mich heim – diskutierten wir, ob er auch den Rest erfahren durfte. Wir entschieden uns, Henning die Wahrheit über den Tod seines Großvaters zu sagen, ansonsten wollten wir Stillschweigen über gewisse Details unseres gemeinsamen Abenteuers bewahren. Ich wusste, dass diese Übereinkunft vergeblich war, Henning würde mir alles ansehen.

Wir saßen zu dritt in meinem Zimmer und Alex erzählte die Bärenbefreiung wie ein großes Abenteuer. Henning war neidisch und er lächelte mich bewundernd an. Ich fragte mich ängstlich, ob er wohl etwas hinter diesem Lächeln verbarg, das er mir eines Tages vorwerfen würde, aber er sagte nichts über Alex und mich. Ich erwiderte sein Lächeln, unterdrückte die Schuld und den Impuls, Alex anzusehen, und sehnte mich gleichzeitig danach, in den Arm genommen zu werden.

Jan Koneffke

Klavierstundenliebe

Mein Vater war ein Musikliebhaber. Wenn er sich von seinen Hotelpflichten frei machen konnte – was allerdings selten war –, stapfte er pfeifend zum Zollhaus, ließ sich neben dem Schrank mit der Waffensammlung in einen Ohrensessel sinken und lauschte ergriffen seinen verkratzten Platten mit Opernmusik. Er schloss beide Augen, er summte und brummte, sein baumelnder Fuß fing zu wippen an. Vater erinnerte an einen Kessel, in dem das Wasser zu kochen beginnt. Ich meine, es war seine Seele, die heiß lief. Endlich hopste er aus seinem Ohrensessel, bewaffnete sich mit der Fliegenklatsche, die neben dem Plattenspieler bereitlag, und begann wie besessen zu dirigieren. Ja, er stand mitten im Wohnzimmer, schmetternd und fuchtelnd und um sich schlagend, und verausgabte sich bis zum Letzten. Erst wenn der Schlusston verhallt war, kam er wieder zu sich, griff fassungslos in seine Haare, die nass waren, betrachtete dumm das am Bauchnabel klebende Hemd, seine Fliegenklatsche und knurrte: »Wo bin ich gewesen?«

»Papa hat seinen Anfall«, kicherten Bine, Trixi und Lu, meine Schwestern, wenn Opernmusik aus dem

Wohnzimmer drang. Und ich schlich bisweilen ins Erdgeschoss, ließ mich im Schaukelstuhl nieder und betrachtete Vater, der zu berauscht war, um meine Gegenwart zu bemerken. Mir gelang es nicht immer, rechtzeitig Leine zu ziehen, und Vater schnaubte, krebsrot im Gesicht: »Hast du mich beobachtet, Floh?« Ich nickte und mit einem brummigen »mhm« und »na ja« schlurfte Vater zum Plattenspieler.

Vater verstand meine Neugier nicht richtig. Ja, leider nahm er bald an, ich wolle bei meinen Besuchen im Wohnzimmer seinen Opern von Verdi und Mozart lauschen, ich sei an Musik interessiert. Und an einem Sonntag stapfte er nicht verlegen und brummig zum Plattenspieler, nein, er kam auf mich zu, legte mir einen Arm um die Schulter und meinte: »Ich wette, du bist musikalisch, mein Junge. Und du solltest Klavierspielen lernen. Es wurmt mich bis heute, kein Instrument zu beherrschen, und dir soll es anders ergehen. Was denkst du, wir holen unser altes Klavier vom Dachboden, lassen es stimmen und ich bezahle dir einen Klavierlehrer. Ja, ja, du bist hochmusikalisch.«

Ich war zu verdutzt, um zu widersprechen. Und außerdem stieg mir sein Lob zu Kopf. Ein paar Monate war ich der festen Ansicht, hochmusikalisch zu sein. Konnte Vater sich irren, der vor Kellnern und Putzfrauen, Empfangspersonal, seinem Chefkoch, Forellen- und Wildfleischanlieferern, ja, unserem Wachhund Bobby von der besonderen Begabung sprach, die er an mir entdeckt habe? »Er wird Pianist, ich bin absolut sicher.« Und Bobby verstand. Schwanzwedelnd reichte er mir seine Pfote und bellte vor Freude. Sicher witterte er einen Extraknochen bei Vaters blendender Laune. Und sein Instinkt hatte Recht – er bekam einen.

Vaters Hotelangestellte musterten mich mit besonderer Hochachtung und bloß meine Schwestern machten sich lustig. Ja, sie stichelten, witzelten, kicherten boshaft, wenn mir Vater im Speisesaal zwischen zwei Bissen eine »hochmusikalische Laufbahn« voraussagte. »Zur Mundharmonika mag es reichen«, spottete Bine und Trixi giftete: »Zur Mundharmonika? Unser Floh? Hast du vergessen, wie grauenhaft falsch er singt? Nein, mehr als Maultrommel schafft er bestimmt nicht.« – »Oder Triangel«, giggelte Lu, meine kleinste Schwester, und alle drei wieherten los.

Schwer zu sagen, ob ich musikalisch war oder Vater sich in einen Traum verrannte, aus dem er bald, ziemlich verdattert, erwachte. Mag sein, meine Schwestern entmutigten mich, die prustend ins Wohnzimmer schneiten, wenn ich Menuette und Tonleitern auf dem Klavier hackte. Oder sie hatten von Anfang an Recht und das zu mir passende Instrument hieß nicht Klavier, sondern Maultrommel.

Meine Klavierlehrerin, Frau Edeltraut Brenneisen, lebte in Konstanz, in einer dusteren Villa am Stadtrand, die sie von den verstorbenen Eltern geerbt hatte. Das Haus hatte bessere Tage erlebt. Es befand sich in einem verwilderten Park, war von Eichen, Kastanien und Ulmen umgeben, die sich vor seinen grauschwarzen Mauern wiegten. Es besaß eine Reihe von Erkern und Holzbalkonen und einen kleinen Turm, der in eine Zwiebelkuppel mit Wetterhahn auslief. Bei Sturm musste man sich in Acht nehmen, um nicht von einem morschen Kastanienast oder einer Schindel erschlagen zu werden, die vom verrottenden Dach krachte. Schlimm stand es um Regenrinnen und Ablaufrohre, und wenn man an Regentagen nicht aufpasste, konnte man unversehens einen Wasserschwall abbekommen und trat pudelnass in Frau Brenneisens Haus.

»Ach«, sagte sie, »dieses scheußliche Wetter. Zieh deine Klamotten aus, Florian. Wir werden sie vor dem Kamin trocknen«, und bugsierte mich freundlich ins Badezimmer, wo ich einen kratzigen grauen Pullover fand und eine schlabbrige Anzughose aus dem Besitz ihres verstorbenen Vaters. Ich musste die Hose mit einem Strick um den Bauch befestigen, um sie nicht zu verlieren. Wie mir das widerlich war. Socken, Pullover und Anzughose stanken nach Mottenpulver und Muff, und das Scheuern und Kribbeln war nicht zum Aushalten.

Ob sie zu geizig war oder kein Geld hatte, um das verrottende Dach zu erneuern, die Mauern frisch streichen zu lassen, den Park zu pflegen, das kann ich nicht sagen. Kann sein, sie liebte das Klingeln und Klopfen an Regentagen in zahllose Wassereimer, die im oberen Stockwerk bereitstanden, und wollte in

Villa und Park nichts antasten, was sie an ihre verstorbenen Eltern, an Kindheit und Jugend erinnerte.

Wie alt sie war? Schwer zu entscheiden. Sie mochte 40 sein oder 60, hatte ewig denselben karierten Rock an, eine fleckige Strickjacke, schlammbraune Strumpfhosen und ein verschlissenes Paar Hausschuhe. Frau Edeltraut Brenneisens Haut war grob und ungesund weiß, zwischen Nase und Oberlippe krausten sich graublonde Haare. Nie habe ich den Geruch von ranziger Butter vergessen, der sie umgab. Kurz: Frau Edeltraut Brenneisen war eine Mischung aus Vogelscheuche, alternder Jungfer und trostlosem Menschenkind – und sie war meine Klavierlehrerin!

Warum landete ich bei Frau Edeltraut Brenneisen und keinem anderen Klavierlehrer? Das war Vaters Schuld, eindeutig Vaters Schuld. Bei dreizehn von vierzehn Klavierlehrern, die wir besuchten, traf er mit seiner Idee, aus mir solle ein Pianist werden, auf Zweifel, ja Spott oder Ablehnung. »Was stellen Sie sich vor«, meinte einer entsetzt, »um es zum Pianisten zu bringen, muss man als Kleinkind anfangen.« Einer hielt mir ein Notenblatt vor, das ich ablesen sollte, und seufzte: »Sie haben einen Sohn, der bei null beginnt. Das kann nichts werden.« Ein anderer zwang mich ein Lied vorzusingen, raufte sich seine wenigen Haare und schimpfte: »Und das soll hochmusikalisch sein?«

»Ich wusste es«, polterte Vater, als wir im Wagen zur Villa am Stadtrand sausten, »diese Leute sind keine Klavierlehrer. Es sind Pianistenverhinderer.« Und er vergaß den verwilderten Park, die verfallene Villa und Frau Edeltraut Brenneisens schlechten Geruch, als sie ausrief: »Gewiss ist er hochmusikalisch, man sieht es dem Jungen ja an!« Und als wir wieder zum Auto liefen, knurrte er: »Das ist die Richtige!«

Von diesem Tag an begannen meine Klavierstunden bei Frau Edeltraut Brenneisen. Freitags um vier stand ich vor dem schmiedeeisernen Eingangsportal der Villa, das schauderhaft quietschte, wenn man es aufstemmte, und musste den winterlich dusteren Park durchqueren. Eulen schrien, es seufzte und flatterte zwischen den dunklen Kronen der Kastanien und das Herz klopfte mir bis zum Hals. Endlich stand ich vor Edeltraut Brenneisen in einer riesigen, schlecht beleuchteten Diele – zehn Birnen am eisernen Kronleuchter, der von der Decke hing, funktionierten nicht mehr – zwischen ausgestopften Hirschen und Wildschweinen, die mich leblos und vorwurfsvoll anglotzten.

Im Wohnzimmer brannte Kaminfeuer und Frau Brenneisen zapfte mir eine dampfende Tasse Tee aus dem schnorchelnden Samowar, der neben dem schwarzen Klavier stand. Ich konnte ihren Tee nicht ausstehen, der bitter war wie Medizin, und mit verzogenem Gesicht trank ich hastig die Tasse leer. »Oh ja«, meinte sie, »du willst rasch ans Klavier, ich verstehe, mein kleines Genie.« Das sagte sie vollkommen ernsthaft und strich mir mit knochigen Fingern behutsam ums Kinn.

Frau Brenneisen mochte absonderlich sein, etwas verwirrt im Kopf und schlecht riechen, aber boshaft, das war sie bestimmt nicht. Sie beschimpfte mich nie, wenn ich mich verspielte, riss mich nicht ruppig am Handgelenk, um meine Handstellung zu korrigieren, nein, sie war die Geduld in Person. Und wenn sie den winzigsten Fortschritt feststellte, keuchte sie an meiner Seite: »Ich wusste es ja, du bist hochmusikalisch.« Neben Volkslied, Menuett oder Bauernpolka, die ich stockend beherrschte, schrieb sie in schwungvollen Bleistiftbuchstaben: »Vollendet!«

Meine Liebesgeschichte begann im Dezember. Ich weiß nicht, warum ich an diesem eiskalten Tag eine Viertelstunde vor vier vor der verfallenen Villa ankam. Es war zu gruselig im Park und ich war verfroren. Ich beschloss an der Strippe zu ziehen, die eine am Eingang befestigte Glocke bewegte. Dumpf schlug sie an und Frau Edeltraut Brenneisen nahte auf knarrenden Dielenbrettern.

»Ach, du bist es, Florian«, sagte sie freudig, als sie mich erkannte, »ich weiß, du willst rasch ans Klavier. Leider musst du dich etwas gedulden. Nimm im Kaminsessel Platz, um dich aufzuwärmen. Ich bringe dir schnell eine Tasse Tee.«

Vollkommen entgeistert versank ich im Sessel. Auf dem Klavierhocker, neben Frau Brenneisen, saß ein Mädchen, das in meinem Alter war. Schlank war sie, zierlich, das schmale Gesicht umrahmte ein Schwall blonder Haare und in den hellen Augen, die mich kurz musterten, spiegelte sich das Kaminfeuer. Ich glaube, ich machte ein ziemlich dummes Gesicht vor Erstaunen und Aufregung und das erheiterte sie. Um Augen und Mundwinkel zuckte es, als ob sie in Lachen ausbrechen wolle.

Vor Scham starrte ich meine Schuhspitzen an. Und als sie zu spielen begann – eine Mozartsonate – mit perlendem Anschlag und ohne den kleinsten Fehler zu machen, verkroch ich mich tief im Kaminsessel mit seinen krachenden Sprungfedern. Frau Edeltraut Brenneisen schwenkte den Bleistift und schrieb an den Rand der Sonate: »Vollendet«, und in diesem Fall hatte sie zweifellos Recht.

In den folgenden Wochen konnte ich es nicht erwarten, bis wieder Freitag war. Ich beeilte mich, um eine halbe Stunde vor meiner Zeit in der Villa zu sein und Frau Brenneisens Schülerin zu begegnen. Ich dachte nicht mehr an den dusteren Park und den schlechten Geruch meiner Lehrerin, ich grauste mich nicht mehr vor Hirschen und Wildschweinen! Ich war zu verwirrt und verlegen, um sie zu beachten, wenn ich um halb vier in die Diele trat. »'tschuldigung«, stammelte ich und lief feuerrot an. Ehe ich im Kaminsessel Platz nehmen konnte, passierte mir meistens ein Missgeschick, ich stieß mich an einem Garderobenhaken oder stolperte gegen den Krallenfuß einer Kommode und landete statt zu fallen in Frau Edeltraut Brenneisens Armen.

Benommen starrte ich zum Klavierhocker, und

wenn Maja – Frau Brenneisen sprach sie mit Maja an – mit schmalen, beweglichen Fingern eine Fuge erklingen ließ, lauschte ich atemlos und konnte mich nicht vom Gesicht losreißen, das im Schein des Kaminfeuers leuchtete. Ich trank drei Tassen Tee ohne es zu bemerken – und meine Klavierlehrerin war begeistert. »Du bist der Erste, der meinen Tee mag«, verriet sie mir, als wir allein waren, und schleunigst verschwand ich im Bad, um mir den bitteren Geschmack aus dem Mund zu waschen.

Wochen vergingen, es war Ende Januar und ich war krank vor Verliebtheit. Wenn ich nicht im Wohnzimmer am Klavier saß, schloss ich mich in meiner Dachkammer ein, warf mich aufs Bett und war dem Heulen nahe. Ich wusste nicht, wie ich es anstellen sollte, Frau Brenneisens Schülerin kennen zu lernen. Gewiss, das Einfachste war, sie freitags um drei vor der Villa abzufangen.

Am folgenden Freitag wartete ich halb verborgen von einer Platane zehn Schritte vom schmiedeeisernen Tor entfernt. Meine Handschuhe hatte ich in der Verwirrung zu Hause vergessen und es war bitterkalt. Ich rieb meine eisigen Finger und Ohren, sprang von einem Fuß auf den andern. Zu frieren, das war nicht das Schlimmste, nein. Verzweifelt suchte ich nach einem Satz, mit dem ich sie ansprechen konnte, und mir fiel nichts Besseres ein als: »Ich heiße Florian« oder: »Ich finde dich klasse« oder: »Dein Mozart war richtig gut!« Und als sie endlich mit wehendem blauem Schal und erhitztem Gesicht ums Eck bog, bekam ich vor Aufregung einen Schluckauf, mit dem ich mich nicht mehr aus meinem Versteck traute.

Ich litt, ich vergrub mich in meinem Kummer, bis mir ein Ereignis zu Hilfe kam, das man im Dorf als »Jahrhundertereignis« bezeichnete. Bei sibirischen Winden und schneidenden Temperaturen um zwanzig Grad unter null, die wochenlang anhielten, bildete sich auf dem See eine dicke Eisschicht, was seit Großvaters Kindheit nicht mehr passiert war. Man konnte gefahrlos in Schlittschuhen vom einen Ufer ans andere laufen, Kilometer um Kilometer, von der deutschen zur schweizerischen Seite. Bald war der See voller Menschen. Es wimmelte bis zum Horizont von flitzenden kleinen Gestalten, die im Sonnenschein das Eis bunt besprenkelten und bei anbrechender Dunkelheit zu wirbelnden Schatten zerflossen.

Vater war außer sich vor Begeisterung. »Ich bin 48 und habe das noch niemals erlebt«, schnaubte er und stapfte zum Hundezwinger, um unseren armen Bobby vor einen Schlitten zu spannen. Nein, ein Schlittenhund war Bobby nicht. Winselnd und kratzend stand er auf dem Eis und wagte nicht, sich zu bewegen. »Ist ja gut«, sagte Vater und zog selber den Schlitten anstelle von Bobby, der es sich freudig bellend auf dem Gurtsitz bequem machte.

Und ich? Ich lief stundenlang Schlittschuh, um mir meinen Kummer zu vertreiben. Das war besser als dauernd im Zimmer zu hocken, zur Decke zu starren und traurig zu sein. Am Sonntag sprang ich um sieben aus meinem Bett und band, ohne mich erst zu waschen, meine Schlittschuhe um. Ich fegte zur Mitte des dunklen Sees, der um diese Tageszeit menschenleer war, lauschte den knirschenden Kufen, dem eisigen Wind, der um meine Backen blies, und dachte an Maja, die sicher tief schlief. Ein schwacher Streifen graublauen Himmels zog am Horizont auf und das Ufer war in der Ferne ein hauchzarter Bleistiftstrich.

Und wer begegnete mir auf dem endlosen, einsamen Eis? Niemand anders als Maja. Sie sang, ja, sie sang beim Laufen und ich erkannte sie an der Melodie aus der Mozartsonate, die sie bei unserer ersten Begegnung gespielt hatte. »Maja!«, rief ich und schoss auf sie zu ohne mich um einen Satz zu scheren, mit dem ich sie ansprechen konnte. Ja, vor Begeisterung gelang es mir nicht, rechtzeitig zu bremsen, als Maja sich umwandte, und wir schlitterten beide zu Boden.

Ob ich etwas sagte, das weiß ich nicht mehr. Vermutlich erkundigte ich mich besorgt, ob sie sich wehgetan habe. Maja erwiderte nichts oder ich habe vergessen, was sie erwiderte. Nicht vergessen habe ich dagegen Majas blitzende Augen dicht vor meinem Gesicht und unseren keuchenden Atem. Und ehe wir uns wieder aufrappelten, stieß sie mit der eiskalten Nase an meine und gab mir einen hastigen Kuss.

Hand in Hand liefen wir nebeneinander zum Ufer ohne uns anzuschauen, und zweihundert Meter vor Vaters Hotel mit seinen ins Morgengrauen hackenden Greifen am Giebel und Bobby, der losbellte, als er mich witterte, ließ sie mich los und entfernte sich rasch auf dem Eis, das nahe am Ufer von Schlitten- und Schlittschuhkufen blitzblank poliert war.

Eine endlose Woche verging. Schmuddliges Tauwetter setzte ein und bald war es verboten, den See zu betreten. Das Eis bekam Risse und nachts, wenn es still war, hielt mich das Krachen und Knirschen der sich aneinander reibenden Eisschollen wach. Dummerweise konnte ich Maja am Freitag nicht vor der Villa abfangen, ich musste in Konstanz zum Zahnarzt und es war kurz vor vier, als ich bei Edeltraut Brenneisen eintraf. »Ich gieße dir rasch einen Tee ein«, lispelte sie und eilte zum Samowar. Und ich steckte flink einen Zettel in Majas Wintermantel, der an der Garderobe hing, auf dem in drei Sprachen »Ich liebe dich« stand, in Englisch, Französisch und Italienisch.

Maja schenkte mir keine Beachtung. Ob sie bereute, was zwischen uns beiden passiert war? Oder hatte sie Angst, sich vor Frau Edeltraut Brenneisen zu verraten? Grollte sie etwa mit mir, weil ich sie nicht vor der Villa erwartet hatte? »Ich musste zum Zahnarzt«, sagte ich zu Frau Brenneisen, die mir den Tee abzapfte, »und kommende Woche hat er mich wieder bestellt.«

»Armer Junge«, sagte Frau Brenneisen und endlich zwinkerte Maja mir zu.

Oh, meine Zahnschmerzen waren nicht schlimm. Schlimmer war es, als Maja aufbrach, den Mantel von der Garderobe hakte und in der diesigen Parkluft verschwand. Und was ich in dieser Stunde, vor Kummer und Niedergeschlagenheit, auf dem Klavier verzapfte, war absolut schauderhaft. Frau Brenneisen nahm es nicht krumm. »Ich weiß, deine Zahnschmerzen«, murmelte sie. Trotzdem musterte sie mich beim Abschied mit kleinen, zusammengekniffenen Augen, als ob sie mich ausforschen wolle. Hatte sie etwas bemerkt?

Es war meine letzte Klavierstunde und ich sollte nie mehr erfahren, ob ich musikalisch bin oder nicht. In der folgenden Woche empfing mich Frau Edeltraut Brenneisen mit hochrotem Kopf und verweintem Gesicht. Sie war furchtbar erregt und bat Maja zu gehen, obwohl es erst Viertel vor vier war. Und als Majas Schritte vorm Haus verklangen, ließ sie sich in einen Sessel fallen und holte ein riesiges Taschentuch aus der Strickjacke, um sich zu schnäuzen. »Ich danke dir, Florian«, schluchzte sie, »ich habe es ja von Anfang an bemerkt und konnte es einfach nicht glauben. Du mochtest meinen Tee, du kamst um halb vier statt um vier und warst schrecklich verlegen und vor Aufregung brachtest du es nicht fertig, dich auf dein Klavierspiel zu konzentrieren. Und als ich deinen Zettel entdeckt habe ... Oh, Florian«, wieder brach sie in Weinen aus, »du weißt ja nicht, wie ich dir danke.« Sie klickte ein kleines Medaillon auf, das sie um den mageren gelben Hals trug, und im Medaillon steckte mein Zettel an Maja. Ich musste den Mantel verwechselt haben. »Ich werde es an meinem Herzen verwahren«, schluchzte Frau Edeltraut Brenneisen, »das verspreche ich dir, lieber Florian.«

Vollkommen benommen hockte ich auf meinem Platz beim Kamin und wollte im Boden versinken. Was sollte ich sagen, etwa: »Sie sind im Irrtum. Ich finde Sie abstoßend«? Nein, das durfte ich nicht. Ich hatte ja Mitleid mit meiner Klavierlehrerin, die wie ein erschrockener Vogel, zerzaust und verwirrt, im Kaminsessel kauerte. Ja, wie ein Vogel, der am Gefieder verletzt ist und nicht mehr fliegen kann.

Es dauerte ewig, bis sie sich fasste und einen Brief vom Kaminsims nahm. »Der ist an deinen Vater«, sagte sie heiser. In aller Eile nahm ich den Brief, rannte zur Diele, riss ohne stehen zu bleiben meinen Anorak von der Garderobe und hetzte im klatschenden Regen zur Straße.

Ich weiß nicht mehr, wie ich nach Hause kam. Ich war schweißgebadet und klitschenass, als ich in Vaters verrauchtes Kabuff trat, das er als sein Office bezeichnete. Er saß vor der klingelnden Rechenmaschine und schaute zerstreut zu mir hoch. »Hallo, Floh, wie war dein Klavierunterricht?«

Wortlos legte ich Edeltraut Brenneisens Brief auf den Schreibtisch und wollte mich wieder verziehen, als er mich am Arm packte: »He, was ist los?« Stirnrunzelnd betrachtete er den Brief. Er begann zu lesen, kratzte sich heftig am Kopf und seufzte, musterte mich und wandte sich wieder dem Brief zu. Und ich,

ich versenkte meine klammen Finger im Anorak und erstarrte, als ich einen Zettel ertastete. Ja, in der rechten Anoraktasche steckte ein Fetzen Papier.

»Ich verstehe das nicht«, knurrte Vater inzwischen, »was soll das? Erst schreibt sie, sie will dich nicht mehr unterrichten, und am Ende versichert sie mir, du seist hochbegabt. Es ist ein vollkommen wirrer Brief. Diese Frau Edeltraut hat eine Schraube locker.«

Ich faltete flink das Papier auseinander. »Wir treffen uns morgen, am Samstag, vorm Rathaus«, las ich mit klopfendem Herzen, »um vier. Und wehe, du kommst nicht. Maja.«

»He, Florian, ich spreche mit dir«, herrschte Vater mich an, »sie hat eine Schraube locker.«

»Nein, sie hat keine Schraube locker«, erwiderte ich, »sie wollte mich schonen.«

»Sie wollte dich schonen? Was soll das heißen?«

»Das soll heißen, sie wollte mich nicht verraten.«

Vater raufte sich seine Haare. »Menschenskind, Florian, komm zur Sache!«

»Na, es ist zwecklos mit mir«, versetzte ich heiter, »ich bin eine Null am Klavier und bringe es niemals zum Pianisten.« Vater starrte mich fassungslos an. »Du bringst es niemals zum Pianisten?«, fragte er schwach und ich nickte erleichtert. Steckte den Zettel in meinen Anorak, nahm meine Noten und rannte ins Freie.

Bettina Gundermann

Stattdessen sagt Lia

Sie rennen Hand in Hand die Treppen hoch, Lia hat aufgehört die Etagen zu zählen. Mark hält ihre Hand fest umschlossen. Manchmal drückt er sie und lächelt Lia in die Augen. So wie man das macht, wenn man jemanden ermutigen will. Lia ist seit einem Monat mit Mark zusammen. Sie braucht jetzt jede Menge Mut. Es ist ein heißer Tag, aber in diesem Treppenhaus, das unendlich scheint, ist es kühl. Lia hat eine Gänsehaut vor Angst.

Mark ist drei Jahre älter als sie, hat aber trotzdem keinen Führerschein. Die meisten Mädchen in Lias Klasse interessieren sich auch und vor allem deshalb für ältere Jungs, weil die meist im Besitz eines Führerscheins und eines Autos, mindestens von Papa geliehen, sind. Mark ist anders. Und Lia ist anders. Und beide sind sie gleich. Sie hat schwarze Augen und er hat schwarze Augen und sie hat schwarze Haare und er hat schwarze Haare. Sie ist traurig und er ist traurig. Sie ist traurig, weil Mark so wenig mit ihr lacht, und er ist traurig, weil er eben Mark ist. Der traurigste Junge, den Lia kennt. Deshalb hat sie sich in ihn verliebt. Weil Traurigkeit manchmal schön macht. Mark macht sie schön. Und weil Lia gern traurige Musik hört und dabei von Mark zu träumen das Beste überhaupt ist. Er gibt ihrer Musik ein Gesicht. Noch besser wäre es, auch mal mit ihm zu lachen. Doch das denkt sie nur selten, denn sie liebt ihn tief.

Und jetzt soll sie vor ihm die letzte, kleine Treppe, eher eine Leiter, hochklettern. Dann steht sie in der Hitze. Das Dach des Hochhauses flimmert. Lia wird weich in den Knien und Mark umarmt sie von hinten. »Dem Himmel so nah«, sagt er.

Lia nickt.

»Mark?«, sagt sie.

»Psst«, sagt er und legt einen Finger auf ihre Lippen.

Zur gleichen Zeit bereitet Lias Mutter das Abendessen vor. Für sich und ihre Tochter. Einen Vater gibt es nur saisonal. Gerade ist keine Saison.

Lia hat eine Gänsehaut, trotz der Hitze. Mark und Lia stehen Hand in Hand da. Lia schaut geradeaus. Mark schaut nach unten. Unten ist weit weg von da, wo sie stehen. Sie stehen am Rand des Dachs. Lia sagt: »Das geht nicht. Ich kann nicht.« Mark hebt seinen Kopf, schaut sie an, schwarze Augen, denkt er. In die hat er sich als Erstes verliebt. In die schwarzen Augen.

»Ich bin doch bei dir«, sagt er und küsst sie sanft. Immer wenn Mark Lia küsst, nimmt er ihr Gesicht in seine Hände, so vorsichtig, als könnte es zerfallen.

Und Mark sagt: »Nur so werden wir für immer vereint sein. Du und ich. Das Einzige, was zählt. Du und ich. Für immer.«

Ein winziges Flugzeug mit riesigem Spruchband fliegt vorbei.

Auf dem Spruchband steht: Mark ist sich tatsächlich nicht bewusst, was für eine gequirlte Scheisse er da gerade seiner kleinen, süssen Freundin erzählt. Lia hat da schon eher so eine Ahnung. Sie traut sich jedoch nicht, ihm zu widersprechen.

Das Flugzeug fliegt weg.

Lia überlegt, welche Chance besteht, zu springen und trotzdem zu überleben. Sie wagt einen kurzen Blick nach unten. Null Chancen. Lia macht einen Schritt zurück. Mark bleibt, gebannt in die Tiefe blickend, stehen und lässt Lias Hand nicht los. Er drückt sie kurz.

Lias Mutter deckt den Tisch und singt ein lustiges Lied. Ihre Tochter müsste jeden Moment nach Hause kommen. Doch zurzeit weiß man das nie so genau. Seit sie mit diesem Grufti zusammen ist. Ein eigenartiger Junge mit einer merkwürdigen Frisur. Lias Mutter denkt: Wäre ich früher mit so einem Freak nach Hause gekommen, hätten meine Eltern mich zu Brei geschlagen. Und wäre ich ständig zu spät gekommen, wie Lia es jetzt oft tut, hätten sie mich mal locker ein paar Tage gar nicht mehr aus dem Haus gelassen. Meine Güte, denkt sie, wie habe ich meine Eltern gehasst! Sie versucht, sich nicht über Lia zu ärgern. Sie möchte verständnisvoll sein. »Scheißpubertät«, sagt Lias Mutter und stellt den Herd aus.

Lia beginnt zu weinen. Weil sie an ihre Mutter denkt. Und an ihren Vater, den sie auch ein bisschen kennt. Lia denkt an ihre beste Freundin und auch an ihre Oma. Lia denkt an ihren gesamten Freundeskreis, die Stadt, die Vögel, das Wetter, die Felder, die Geräusche, die die Welt macht, die Farben, die sie herausschreit, sie denkt an Bäume im Wind, an zehn verschiedene Sorten Eis und an Meerschweinchen. Sie zieht Mark zu sich her. Mark schaut sie an, aus seinen schwarzen Augen. In die hat sie sich zuerst verliebt. In diese schwarzen Augen.

Lia hat ein wenig Mut und sie sagt: »Es gibt doch bestimmt auch einen anderen Weg. Wir können doch auch so für immer zusammenbleiben. Ich will das. Und du willst das ...«

»... aber es ist nicht möglich in dieser Welt«, sagt Mark.

»Findest du gar nichts mehr schön?«, fragt sie.

»Ich kann auch allein springen«, sagt er.

»Aber dann sind wir doch auch getrennt«, antwortet sie schwach.

»Ich halte es hier aber nicht mehr aus«, sagt Mark, seine Stimme zittert ein wenig dabei. Keiner filmt.

Unten auf der Straße, für Mark und Lia nicht sichtbar, zieht eine Gauklertruppe vorbei. Die Frau, die auf dem Elefanten sitzt, hält ein Plakat hoch.

Auf dem Plakat steht: Mark ist nicht der Typ, der viel redet und dann nicht handelt. Er glaubt an die Wiedergeburt. An das Paradies. An fliegende Nahrungsmittel und einen Gott mit Vollbart. Und einen Teufel mit Säbelzähnen. Mark betet laut. Und fühlt sich immer dann gut und auch ausgeglichen, wenn er an den Tod denkt. Für ihn steht fest nur mit Lia dorthin zu wollen. Nur mit ihr. In die Ewigkeit hinein. Mark hat eben viel gelesen. Über solche Dinge. Und Indianer. Die viel weiser sind als der gemeine Mensch. Mark hat die Nase gestrichen voll. Von seinen Eltern. Von seiner Schule. Von seiner Schwester. Vom Lärm der Welt und von dem Gestank, den sie herauspresst, er hat genug von sämtlichen Menschen (ausser von Lia), von niedlichen Tieren und Kinobesuchern. Er empfindet nur noch Ekel vor Büchern, Musik und Pommes. Und auch ein bisschen vor sich selbst.

Die Buchstaben auf dem Plakat sind winzig, da sie sonst nicht alle draufgepasst hätten. Die Gauklertruppe zieht weiter. Eine bunte, kleine Gruppe fröhlich gekleideter Menschen, die für fast jeden Spaß zu haben sind übrigens. Mit von der Partie ist auch eine Schildkröte, die Latein kann.

Lias Mutter setzt sich auf einen Stuhl und überlegt, ob sie Marks Eltern anrufen soll. Sie ist garantiert bei ihm, keine Frage. Sie hat bereits eine Stunde Verspätung. Lias Mutter führt nun einen inneren, nicht leichten Kampf. Einerseits ist sie sehr wütend, andererseits will sie das nicht sein. Lias Mutter fängt einfach schon mal mit dem Essen an. Sie hat Hunger und keine Lust mehr zu warten. Lia wird sicher bald kommen. Ihre Mutter wird ihr erklären, dass sie sich Sorgen macht, wenn sie so unpünktlich ist. Dass sie sich nicht daran gewöhnt.

Lia hatte verschiedene Pläne gehabt, bevor sie diesen traurigen Jungen traf. Sie konnte sich ebenso vorstellen Schauspielerin zu werden wie auch Anwältin. Das hatte etwas mit der Serie zu tun, die sie gern sah. Seit einem Monat schaut Lia keine Serien mehr. Sie ist lieber mit Mark zusammen. Sooft es geht. Mark ist klug. Das ist besser als ein Auto. Er versteht so viel vom Zustand der Welt. Er macht Lia ganz nachdenklich mit seinem Verstand. Doch vor allem hat Lia seit einem Monat Angst, Mark zu verlieren. So sehr liebt sie ihn. Und die Sonne macht ihre Gedanken ganz weich und jetzt zählt Lia bis zehn.

Jedoch sind Lias Schutzengel noch nicht müde, so verhindern sie ihren Sprung und sie reden für sie. Das können Schutzengel, wenn ihnen danach ist, wenn sie hellwach sind, das sind nur noch sehr wenige von ihnen. Sie können rettende Worte formen und aus dem Mund eines Menschen herauspressen. Also springt Lia nicht, nachdem sie bis zehn gezählt hat, anders als geplant.

Stattdessen sagt Lia: »Wenn du springen willst,

dann spring. Ich werde wohl um dich weinen, aber das wirst du vielleicht nicht mitkriegen. Ich werde dann nach Hause gehen und meine Mutter wird mich eine Zeit lang krankschreiben lassen. Weil ich so untröstlich bin und ganz schlecht aussehe, so, als ob auch ich am liebsten sterben würde. Und weil ich nicht aufhören mag zu schreien, zunächst. Und weil ich nicht aufhören mag, um dich zu weinen, zunächst. Aber dann wird die Zeit dafür sorgen, dass ich erst aufhöre zu schreien und dann zu weinen und schließlich auch, nur noch dich zu lieben. Spätestens dann sind wir nicht mehr zusammen. Weil ich mich dann irgendwann neu verliebe. Vielleicht kriegst du das nicht mit, und wenn du es mitkriegst, dann kannst du nichts, nichts, nichts tun. Du siehst zu, wie ich mich neu verliebe. Und du siehst, wie ich jemanden küsse, der nicht du bist. Und wie ich mich freue. Du hast Glück, wenn du mich nicht sehen wirst.«

Und weil so etwas manchmal passiert, aber eben sehr selten, fangen die Sonnenstrahlen an zu applaudieren. Keiner filmt. Daher gibt es auch kein Dokument. Aber es ist trotzdem wahr.

Lias Mutter wischt sich den Mund ab, lehnt sich entspannt zurück, freut sich, als sie das Klingeln hört.

Antje Wagner

Niederwald

Als wir in dem Dorf ankamen, war es früher Mittag.

Es war stickig im Auto. Die Klimaanlage war schon seit ein paar Wochen kaputt und ließ sich nicht mehr reparieren. Das T-Shirt klebte unangenehm an meinem Rücken, ich konnte meinen eigenen Schweiß riechen und war schlecht gelaunt. Wir waren alle angespannt, ich aber hatte, seit wir vom Hotel aufgebrochen waren, nicht aufgehört Streit zu suchen und meinen kleinen Bruder zu ärgern. Bis meine Mutter endlich das Wort »bockig« sagte, aber nicht zu mir, sondern in Richtung meines Vaters, in diesem Erwachsenenton, der mich aufbrachte.

Ich verstand selbst nicht, was mit mir los war. Mir war schlecht vor Hitze, ich spürte, wie sich immer wieder kalter Schweiß über meiner Oberlippe bildete, den ich mit dem Handrücken abwischte, und in Abständen lehnte ich den Kopf für ein paar Sekunden tief erschöpft gegen den Sitz. Ich vermied es, mich in der Autoscheibe anzusehen.

Manchmal, das wusste ich, musste ein geradezu erschreckender Glanz aus meinem Gesicht hervorbrechen, denn ich bemerkte, dass die Blicke dann vor mir zurückzuckten. Ich selbst nahm nur einen unendlichen Überdruss wahr, der mich mit seiner Schwere bannte, genau wie dieser heftige, warme Geruch, den ich seit einiger Zeit morgens in meinen Laken roch.

Es war, als hätte mein Körper einen Beschluss über mich gefasst ohne mich einzuweihen. Er gehorchte mir nicht mehr wie früher, eine eigenwillige Starrköpfigkeit hielt meine Glieder besetzt, die mich ungeschickt und wütend machte. Noch versuchte ich es zu verheimlichen, aber zu viele Löffel und Gabeln waren in diesem Urlaub schon zu Boden gepoltert, Gläser waren zu Bruch gegangen. Oft hatte ich den Eindruck, dass die anderen Urlauber mich anstarrten. Ich litt darunter. Ich litt auch unter dem Gesicht, das mich morgens aus dem Spiegel ansah und aus dessen Verschwommenheit sich jetzt ein Mund herausarbeitete, dessen aufreizend hervorspringende Unterlippe ich am liebsten zurückgepresst hätte. Innerhalb der heißen Wände des Autos fühlte ich mich eingesperrt, meinem Körper ausgesetzt und zu nah an Menschen, die ich schon immer kannte.

Manchmal schrecke ich nachts auf und denke, ich wäre wieder dort, in dem Wagen, der mich unaufhaltsam dem See näher bringt. Ich liege auf dem Rücken, starre an die Decke und warte. Ich warte, bis das erste dünne Licht des Tages ins Zimmer rinnt und die Möbel aus dem Schatten holt. Bis die Vögel draußen ihre Stimmen testen, dünne, noch müde Stimmen. Man neigt dazu, Erinnerungen zu beschönigen. Bestimmte

Ereignisse zu vergessen, abzumildern oder hinzuzufügen, um seine Kindheit im Nachhinein so zu gestalten, wie sie hätte sein können. Ich hatte etwas vergessen. Jenen See, der wie ein Schnitt zwischen mich und meine Kindheit geht. Die Schilfzungen, die weit in das dunkle Wasser hineingeleckt haben. Die Oberfläche, die schwarz und glatt wie ein Spiegel gewesen war.

Dieses Bild ist Jahre alt.

»Siehst du«, sagte Julia, »man kann es nur von oben erkennen.«

Julias fuchsrotes Haar wehte nach allen Seiten wie ein Schleier. Sie verlor ständig ihre Haargummis. Sie grinste Rike an.

Rike schaute nach unten. Der See glitzerte zwischen den Ästen der Kastanie hindurch. Die Oberfläche war mit schwarzen, blonden und brünetten Köpfen getüpfelt. »Ja, echt, wie Leberflecken«, sagte Rike.

»Quatsch, das meine ich doch nicht«, sagte Julia und wies auf den Berg. »Dort! Niederwald …«

Rike beugte sich weiter aus dem Baumhaus und beide schauten auf etwas, was sie schon seit Jahren kannten: das Dorf, ausgebreitet in der Sonne, das in Schräglage auf dem Berg gebaut war. Weithin leuchtete die blaue Wasserfläche des Südfreibads. Julia stellte sich den Chlorgeruch vor, der das Gelände dort umgab wie Gänsehaut, und schüttelte sich.

Am Anfang des Dorfs stand die Schule, breit und grün, von oben sah sie aus wie ein Frosch, der döste. Auch in der Schule gab es ein Schwimmbad. Im Erdgeschoss. Blaue Flie-

sen, eine Reihe glänzender Duschen und ein Becken voll Chlorwasser. Schwimmunterricht hatten sie täglich.

Mein Vater lenkte den Wagen über die ausgestorbenen Dorfstraßen und schreckte ein paar Hühner auf.

Er war heiß, jener Sommer, ungewöhnlich heiß, die Sonne wie eine Rasierklinge, selbst die mattlila Blütenköpfe des Rittersporns am Straßenrand hatten sich gesenkt.

Ich fühlte mich beleidigt vom Anblick des Dorfs, es gab nicht einmal ein Eiscafé. Meine Mutter ging nicht darauf ein, hielt uns Kinder aber dazu an, nach einem Schild zum Waldsee auszuschauen.

Als wir den See gefunden hatten und ausstiegen, waren alle erleichtert, nur ich nicht. Ich war enttäuscht von der Dunkelheit im Wald – dicht stehende Bäume, die das Ufer überschatteten und kein Fleckchen Sonne hindurchließen. Der See lag da wie ein schwarzes Loch und ich hatte große Lust zu rebellieren.

Da aber alle meine geräuschvollen Versuche an meinen Eltern abprallten, zog ich mein Badetuch aus der Tasche, legte mich weit abseits und beschloss, wie so häufig in letzter Zeit, für den Rest des Tages zu schweigen.

»Guck dir mal den an, los, lass uns mit Kastanien werfen«, sagte Rike und zeigte durch die Blätter nach unten auf Frank, der gerade seinen legendären Wasserhandstand mach-

te. Nur Franks Füße schauten raus. »Bloß nicht!«, sagte Julia. »Dann merken sie noch, dass wir fehlen.«

Julia und Rike hatten sich von den Wasserspielen davongeschlichen. Die Niederwalder Wasserspiele fanden im Sommer jeden Sonntag statt. Sie begannen morgens um zehn mit Frühtauchen im Waldsee und endeten erst spätabends mit einem großen Fackelschwimmen. Jetzt war es gegen zwölf und Kastanienblätter flimmerten goldgrün um Julias und Rikes Köpfe. Unten im See tummelte sich das ganze Dorf und da fiel es nicht gleich auf, wenn zwei Mädchen fehlten.

Die Niederwalder verehrten das Wasser. Sie verbrachten jede freie Minute darin. Außer der Schwimmhalle im Schulgebäude, das am Nordausgang des Dorfs lag, besaß Niederwald noch das Süd-, West- und Ostfreibad sowie den Waldsee, über dem Julia und Rike die Beine baumeln ließen.

Zum Herbstanfang gab es Turniere im Brust- und Rückenschwimmen, im Kraulen, im Kunstspringen, sogar in Wasserski. Im Winter hackten die Niederwalder ein Loch in die weißgraue Fläche des Sees, um sich beim Eisbaden abzuhärten.

Das Dorf hatte auch einen Fluss. Von oben sah er aus wie ein dicker Aal, der sich den Berg hinauf- und den Hang herunterwand und an dessen glatter Haut Augras angewachsen war.

Der Aal nährte den Boden und so gedieh alles in Niederwald: Die Ernten waren reichhaltig, die Scheunen immer voll. Die Weideplätze standen im Saft, fettes Gras und Kräuter, deren würzig-wilder Duft die Sommerluft tränkte. Das Vieh war robust und wohlgenährt und gab reichlich Milch.

Julia mochte den Geruch von Chlor nicht. Er drang aus den Schulwänden, war überall, selbst im Physikkabinett unter dem Dach zitterten ihre Nasenflügel noch davon. Die Schulbänke, die Bücher, die Lehrer strömten Chlor aus. Und sogar wenn Julia und Rike die Schwimmstunde schwänzten und im Freien herumstrolchten, haftete am Abend der Geruch an ihrer Haut.

Mein Bruder und meine Eltern stürzten sich in den See und riefen mir zu, das Wasser sei sauber und schön kühl. Demonstrativ nahm ich mein Buch aus der Tasche und begann zu lesen. Aus den Augenwinkeln sah ich, wie mein Vater meinen Bruder in weitem Bogen durch die Luft ins Wasser warf, hörte dessen fröhliches Kreischen und umkrallte das Buch so fest, dass meine Finger wehtaten.

Dabei hatte ich dem Urlaub entgegengefiebert. Doch wie von einem heimtückischen Fluch berührt, neigten alle Ereignisse, die ich in den Jahren davor immer gemocht hatte, plötzlich dazu, zu reizlosen Vorfällen zu verkommen. Ein Phänomen, an dem ich verzweifelte, weil ich es nicht verstand.

Rike war dünn, eckig und hoch aufgeschossen. Sie trug eine Brille und hatte kurzes blondes Haar, das immer so aussah, als würde ihr Kamm nur drei Zinken haben.

Einmal hatte Julia Rike wie nebenbei gefragt, ob ihr Schwimmen eigentlich Spaß machte. »Nöö …«, hatte Rike geantwortet. »Ist mir irgendwie zu … nass. Na ja, und im-

mer diese schrumpelige Haut danach.« Da hatten sie sich angesehen und gegrinst, weil sie jetzt ein Geheimnis teilten.

Wenn Julia und Rike die Schwimmstunde schwänzten, turnten sie manchmal auf der alten Kirchhofmauer herum, übten Balancieren oder Standwaage und testeten, wer am weitesten springen konnte. Oder sie rannten in den Wald und kletterten auf Gabu, eine große Kastanie, die sie zu ihrem verzauberten Baum erklärt hatten. Sie bastelten an ihrem Baumhaus, das nie fertig wurde und von dem aus sie einen guten Blick auf den See hatten.

Gabu hieß Gabu wegen der Eule. Die lebte in der Krone, weit über dem Baumhaus. Wenn die Eule vom Gelächter der Mädchen wach wurde, drehte sie ihren Kopf einmal im Kreis und rief laut klagend: »Gabu, Gabuuuhhh!« Als wollte sie sich bei dem Baum beschweren.

Rike und Julia saßen stundenlang in Gabus blättrigem Kopf und waren zwei Weltumsegler in einem großen Ballon. Sie nagelten Bretter fest und spannten eine Zeltplane als Dach auf. An die Decke klebten sie Bilder von Sternen und Schwänen, und Rike brachte einmal sogar ein Foto von einer Raumstation mit. »Unser Baumhaus«, sagte Rike stolz, »darf nicht verraten werden.«

Solche Geheimnisse wie Gabu konnte sich Julia nur mit Rike vorstellen, denn kein anderer ihrer Mitschüler würde freiwillig auf die Schwimmstunden in der blau glänzenden Halle verzichten.

Wenn ich an jenen Sommer zurückdenke, haftet allem etwas Unwirkliches an. Etwas unheilvoll Zukünftiges, das mich quälte, weil es nicht eintraf. Stattdessen besetzte es mit einer nahezu hysterischen Ausschließlichkeit meine Stimmungen. Ich hungerte, aber ich wusste nicht, wonach.

Als meine Eltern und mein Bruder aus dem Wasser kamen und sich abtrockneten, legte ich das Buch weg, richtete die Träger meines Badeanzugs und stolzierte hinunter zum Ufer.

Ich vermied es, zwischen die krakeelenden Menschen im See zu geraten. Ihre Fröhlichkeit weckte zwei unvereinbare Wünsche. Einerseits gab es ein Kind in mir, das ebenso ausgelassen herumplanschen wollte, gleich daneben hockte aber ein schweigsamer Griesgram und dessen Schweigen war etwas, was mich unentrinnbar anzog. Ich schwamm weiter hinaus, um dann lange, einsame Bahnen nahe dem Schilf am anderen Ufer zu ziehen. Ich wünschte mir sehr, dass sich ein Blutegel in meinem Bein verbeißen möge, damit ich danach darüber jammern könnte.

So schwamm ich und vernahm in meinem Rücken das aufgekratzte Gelächter der andern. Manchmal sah ich zu ihnen rüber, Jungen und Mädchen in meinem Alter, und spürte einer rätselhaften Hilflosigkeit im Rippengehege unter meinen Brüsten nach.

Meine Brüste waren winzige Wölbungen in jenem Sommer, eine anschwellende Tatsache, die mich langsam beunruhigte. Es schien, als stemmte sich etwas Fremdes von innen gegen mich. Meine Brüste taten weh. Augenscheinlich war innerhalb weniger

Wochen etwas unter meiner Haut herangewachsen, was mich angriff und sich hervorpressen wollte. Ein Hunger, der alles fade und bedeutungslos machte, was mir noch Wochen zuvor Freude bereitet hätte. Und seit Wochen wusste ich nicht anders damit umzugehen als so beharrlich wie möglich darüber zu schweigen. Aber ich fühlte mich nervös und fiebrig, vergiftet auf eine Weise, die meine Wangenknochen aus dem Gesicht treten ließ und mein Haar durchglühte. Ich hatte ein Geheimnis und wusste es noch nicht. Ich wusste ebenfalls nicht, dass es etwas war, was auch anderen Mädchen geschah. Ich spürte nur, dass die Haut in meinem Innern begonnen hatte zu reißen: ein Riss, der durch meinen Kopf und quer durch den Körper verlief. Ich spürte, wie etwas Neues sich durchstieß und Gestalt annehmen wollte.

Als ich das gedacht hatte, bekam ich Angst. Ein Krauler kam mir entgegen und ich drehte um, zurück zum Ufer, zu meinen Eltern, denen ich von weitem zuwinkte.

Ich sehe mich noch winken, nicht wie es wirklich gewesen war, sondern wie es gesehen worden sein musste, von draußen, über den See hinweg: eine schockierend weiche, im höchsten Grade verzögerte Bewegung, mein Zeitlupenkörper. Ich sehe mich, als würde auch ich am Ufer stehen: verstörend helle, wie versilberte Augen, das wirre, dünne Haar als brennender Fächer auf der Wasseroberfläche, die Lippen von der Kälte blau geschminkt, ein nackter, sehr weißer Arm, der sich aus dem glitzernden See löst und schwebt, diese Geste des Hebens und Senkens, die dem Blick die Ahnung eines flammenden Schattens in der Achselhöhle freilegte. Ich winkte und lachte und schwamm zurück. Und dann passierte es.

Julia und Rike schlenderten den Pfad zum Berg hoch. Der Sommer war heiß und bienendurchsummt, der Himmel farblos vor Hitze. Sie gingen so dicht nebeneinander, dass ihre Schatten verschmolzen. Brombeersträucher streiften ihre nackten Waden und in Rikes Haar saß ein Tagpfauenauge mit zusammengeklappten Flügeln und schien zu schlafen.

Das Beste am Bergsteigen war das Hinunterschauen und so schauten beide vom Gipfel ins Tal, das in ein blaues, schwankendes Lupinenfeld zusammenlief.

Sie fassten sich an der Hand, zählten bis drei, schlossen die Augen und rannten in großen Sprüngen hinab.

Doch plötzlich hatte Julia das sonderbare Gefühl, dass etwas nicht stimmte, und riss die Augen wieder auf. Rikes und ihre Füße liefen in der Luft. Etwa zwanzig Zentimeter über dem Boden. Sie sah, dass Rike ihre Hand umklammerte, mit der anderen aber in der Luft paddelte und sie beide oben hielt. Da Rike jedoch nur die rechte Hand frei hatte, war es genauso, als ob sie mit nur einem Ruder rudern wollten: Sie hatten einen starken Rechtsdrall und kamen nicht vorwärts, sondern trudelten im Kreis.

Da streckte Julia ihre freie Hand aus, probierte ein paar Flügelschläge und ein leiser Schreckenslaut entfuhr beiden, als es sie jäh nach vorn und nach oben riss. Sofort zogen sie die Hände wieder ein und sausten hinab.

Als ihre Füße den Boden berührten, befanden sie sich bereits weit hinter dem Lupinenfeld, am Waldrand. Sie strauchelten und kullerten schließlich über das Gras, bis sie in einem Gebüsch hängen blieben.

Atemlos und ein bisschen angeschlagen lagen sie nebeneinander und schauten in die Höhe. Einen Moment lang war Julia so schwindelig, als wäre der Himmel gekippt. Vom See her drangen fröhliches Gelächter und Planschgeräusche bis zu ihnen. Julia stellte sich das kalte Wasser vor und zitterte ein bisschen. Rike zog an Julias Ärmel und sie krochen tiefer in das Gebüsch, damit niemand sie sah. Die Sonne fiel durch das Blattwerk über ihren Köpfen, und wo kleine Lichtflecken in Rikes Haar schwankten, sah es aus wie Gold. Sie lagen auf dem Rücken und lauschten auf das heftige, schnelle Atmen der andern. Nach einer Weile drehte Julia den Kopf zu Rike und lachte kurz und erstickt auf. »Mensch, Rike«, flüsterte sie.

Rike sagte nichts, aber sie machte freche Schlitzaugen und grinste. Dann pflückte sie zwei Grashalme und steckte sich und Julia einen in den Mund.

Ich winkte, und als sich meine Hand in dem Gewächs verfing, schrie ich auf, aber nur der Krauler hörte mich. Er lächelte mir zu, als hätte ich einen Scherz gemacht, und schwamm dorthin, wo ich eben gewesen war. Doch dann schrie auch er, er schrie mir einen Satz zu, den ich nicht gehört haben wollte, und wie in

Trance schwamm ich einfach weiter. Fort von diesem schilfigen Ufer, wieder der Mitte des Sees zu, auf die andere Seite. Nein …, dachte ich beharrlich, … es ist alles gut … nur eine Alge … eine faserige, zerfranste Alge … was auch sonst … Es war ein rhythmisches, atemloses Gebet, angetrieben von den panischen Bewegungen meiner Arme und Beine, die das Wasser heranzogen und wegstießen, … eine Alge … nur eine Alge …, aber ich wusste es besser. Ich sah geradeaus, schlug gegen Leute, die plötzlich alle in meine Richtung schwammen, dorthin, wo ich herkam, und ich schluckte Wasser, denn sie wichen nicht aus. Ich kämpfte mich an ihnen vorbei, die durch mich hindurchsahen und mich rammten, ich wollte heraus aus dem See, ans Ufer, in Sicherheit.

Als ich im seichten Wasser stand, zitterten meine Beine so stark, dass ich umknickte und hinfiel. Eine rothaarige Frau am Ufer riss den Mund auf und schien zu schreien, ich kannte die Frau, aber ich hörte nichts, ich wollte nichts hören. Menschen rannten über mich hinweg, hechteten in den See, riefen. Niemand schien mich zu bemerken. Ich verstand nichts.

Das erste Geräusch, das ich wieder hören konnte, war die Sirene. Da stand mein Vater schon neben mir, aber auch er sah nicht mich, sondern hinaus aufs Wasser, auf die Stelle, wo ich eben noch gewesen war, und ich umklammerte ihn und fing jämmerlich an zu weinen.

Julia sah ihrer Mutter ähnlich. Sie hatten beide dasselbe fuchsrote Haar, dieselben erstaunlichen Augen. Diese Augen waren von einem auffallend hellen Grau und guckten immer überrascht. Julias Mutter hatte ein paar mehr Lachfältchen. Alles an Julia war feingliedrig, so wie bei ihrer Mutter: die Finger, die Füße, die Nase. Nur ihr Rücken war schmaler und nicht so kräftig wie der ihrer Mutter. Alle Niederwalder hatten breite Rücken. Julias Mutter arbeitete im Zoo, doch in ihrer Freizeit war sie begeisterte Brustschwimmerin und hatte vor drei Jahren sogar den Pokal gewonnen.

Rike und Julia holten Julias Mutter manchmal vom Zoo ab. Der Zoo bestand aus zwei Räumen unter der Erde. In dem ersten befand sich ein riesiges, mit unzähligen farbigen Lämpchen beleuchtetes Aquarium. Darin tummelten sich Schwärme bunt glitzernder Fische in einem schwankenden Wald aus Wasserpflanzen zwischen kleinen Felsen und künstlichen Grotten. Es gab Fische, die sahen aus wie Sand oder Äste. Und es gab andere, die ihre große Kinderschar kurzerhand verschluckten und sich schnell versteckten, wenn ein Raubfisch näher kam, um sie danach vollzählig wieder auszuspucken. Es gab auch welche, die sich an der Glaswand festsaugten. Darüber musste Rike immer kichern.

Manchmal machten sie mit der Klasse einen Ausflug in den Zoo. Die Lehrerin stand dann vor dem Aquarium und erklärte eine neue Schwimmtechnik anhand der Bewegungen eines Rochens.

Im Raum dahinter lebte eine Pinguinfamilie. Die Pinguine waren sehr beliebt bei den Niederwaldern und auch Julias Mutter war in sie vernarrt und führte Julia und Rike mit glühendem Gesicht herum. »Schaut mal, draußen sehen sie so unbeholfen aus, nicht wahr«, sagte sie, wenn die Tiere über den Sand zum Wasserbecken watschelten oder sich auf dem Bauch rutschend vorwärts bewegten, »aber sobald sie im Wasser sind … diese Eleganz!«

Wie allen Niederwaldern waren auch Julias Mutter fliegende Vögel nicht geheuer. »Es ist ja eigentlich Quatsch …«, kicherte sie nervös, wenn sie zusammen den Hang hinab zum Waldsee radelten und ein Vogelschwarm über ihren Köpfen dahinzog, »… aber man weiß nie so richtig, was sie vorhaben. Sie könnten einem ja in den Kopf hacken …« Julias Mutter radelte immer ziemlich schnell, wenn ein Vogelschwarm über ihrem Kopf war.

Auch Flugzeuge waren ihr unheimlich. Aber das war normal. Kein Niederwalder hielt viel von Flugzeugen.

»Sie sind so unsicher. Stürzen dauernd ab«, sagte Julias Vater am Abendbrottisch, wenn wieder ein Unglück in der Zeitung stand, »so viele Tote«, und schüttelte dann traurig den Kopf.

Wenn eine Niederwalder Familie verreiste, fuhr sie grundsätzlich mit dem Schiff. Die Schüler verbrachten ihre Klassenfahrten im schuleigenen Hausboot, das dann gemächlich den Fluss entlangfuhr. Julia mochte diese Reisen nicht, denn sie und Rike waren die Einzigen aus ihrer Klasse, die seekrank wurden, wenn das Boot zu sehr schwankte. Während ihre Mitschüler unter Deck Magnetangeln spielten oder schon schliefen, hatten sie beide einmal grüngesichtig und mit blassen Nasen an der Reling gestanden und sich aneinander festgehalten.

»Aber Schiffe sind auch nicht hundertprozentig sicher. Die gehen manchmal unter«, sagte Julia.

»Stimmt. Unser schlaues Kind«, sagte Julias Vater lächelnd zur Mutter. »Aber der Unterschied ist doch: Wenn ein Schiff untergeht, können wir alle schwimmen. Im Flugzeug nützt dir das gar nichts.«

Julia grinste und dachte: Stimmt. Aber was ist, wenn man fliegen kann?

»Was ist passiert?« Ich schluchzte. Meine Mutter war schon dabei, alle Sachen in die Tasche zu werfen. Sie schnappte meinen Bruder, der nicht verstand, was vorging, und steckte ihn ins Auto. Ich hastete auf den Rücksitz, weil ich die unheimliche Ahnung hatte, sie könnten mich einfach vergessen. Dann schlugen die Türen zu und wir verließen das Dorf.

Mein Bruder weinte leise, ich war stumm, auch meine Eltern schwiegen. Nach einer Weile drehte meine Mutter sich um und sagte: »Sie haben sie rausgeholt, ganz sicher. Und der Rettungswagen war ja schon da. Es ist ihr bestimmt nichts passiert.«

Ich starrte schweigend geradeaus, mein Herz hämmerte und ich sah die rothaarige Frau am Ufer vor Augen, die immerzu gerufen hatte: »Meine Tochter, es ist meine Tochter!«

Die Sommerferien waren lang und manchmal, wenn die Frösche vom Fluss auch spätnachts keine Ruhe gaben, stellte sich Julia aufs Fensterbrett, breitete die Arme aus und stieß sich ab. Alleine fliegen war nicht schwierig, aber zu zweit machte es mehr Spaß. Lautlos flog sie zu Rikes Haus, pochte an deren Fenster, flatterte dann durch den Garten und machte die Eule nach: »Gabu, Gabuuuhhh …«, bis Rikes Fenster sich öffnete und sie dastand, im Nachthemd, ohne Brille und mit nach allen Seiten abstehenden Haaren. Sie kniff die Augen zusammen, warf einen kurzsichtigen Blick in die Richtung, wo sie Julia vermutete, und machte: »Pssst.« Sie schob sich die Brille auf die Nase und kletterte am Knöterich entlang die Wand hinunter. Schlich dann zu Julia, die elegant auf der Gartenmauer gelandet war.

Julia sprang ab und sie liefen zum Dorfausgang. Von dort aus ging es den Hang hinunter. Hand in Hand, in großen Sprüngen und mit jeweils einem ausgestreckten Arm in der Luft rudernd, bis sie abhoben und der Nachtwind sie hochtrieb. Monddurchflimmerte, weite Bahnen. Einmal schaute Julia zur Seite und in Rikes Gesicht und sie sah, dass Rike ihre flatternden Haare anstaunte. Julia lachte fröhlich, denn ihre Haare brannten wie lange, feine Feuerfäden in Rikes Augen. Langsam zogen sie über den Wald und ließen sich sinken. Hin und wieder verfing sich zwar ein Zweig in ihren Sachen und riss ein Loch hinein und einmal waren sie sogar in einen Fledermausschwarm geraten, aber das war nicht schlimm. Sie landeten sicher im Baumhaus, ließen die nackten Beine vom Mond bescheinen und erzählten sich von ihren Träumen.

Julia hatte schillernde, goldsprühende, ungebändigte Träume von Glühwürmchen oder Sternschnuppen, und sie und Rike waren immer mittendrin: in die Höhe schießend, wie-

der herabstürzend oder langsam durch die Nacht gleitend und funkelnd. Rike hingegen träumte oft von einem eigenen Flugzeug. Ein Motorflugzeug, in dem man nebeneinander im Cockpit sitzen konnte.

Den restlichen Urlaub über war ich still und freundlich. Das Erlebnis saß uns allen im Nacken und knurrte leise. Sogar mein Bruder war verstört, obwohl er nichts davon verstanden hatte.

Ohne Widerworte kam ich mit in Kirchen, Cafés, in den Tierpark oder in ein Museum. Ich aß und ich trank, ich lachte auch, aber ich war erstarrt und kalt und kam nicht drüber hinweg. Denn ich war schuldig.

»Mutti?«, rief Julia vom Gartentor aus. Es war Nachmittag und sie und Rike kamen gerade vom Tischtennisspielen. »Mutti?« Julia rief quer über den Garten. Die Mutter hatte am Morgen das Wasser aus dem Swimmingpool gelassen und stand in einer Schürze im trockenen Becken. Mit einer großen Bürste schrubbte sie Schlick und herabgefallene Blätter von den Fliesen.

»Helft ihr zwei mir mal ein bisschen?«

Die Mädchen kamen näher.

»Du, ist es eigentlich schlimm, wenn Rike und ich lieber fliegen als schwimmen?«

Da ließ Julias Mutter die Bürste fallen, sprang aus dem Pool und eilte so hastig auf sie zu, dass Julia erschrak. Sie hatte die Mutter noch nie so aufgeregt gesehen und ihr Herz hämmerte plötzlich in einer bösen Vorahnung. Sie umklam-

merte Rikes Hand, denn als die Mutter vor ihnen stand, sah sie wirklich so aus, als wollte sie ihnen eine Ohrfeige geben.

Sie tat es nicht.

Sie umarmte sie stattdessen. Alle beide. So fest, dass es wehtat.

»Ist nicht schlimm«, sagte sie, drehte sich schnell um und ging zum Pool zurück. »Helft ihr mir ein bisschen mit dem Becken?«

Am letzten Urlaubstag nahm mich mein Vater beiseite und sagte: »Hör zu, wir zwei fahren noch einmal hin. Damit wir wissen, dass es gut ausgegangen ist, ja?«

Erst als der Wagen längst fuhr, merkte ich, dass ich nicht in das Dorf zurückwollte. Der Schweiß rann zwischen meinen Brüsten herab und ich fühlte mich eingezwängt. Ich kurbelte das Fenster herunter, doch der Fahrtwind kühlte nicht, er schlug mir ins Gesicht wie der beengend heiße Atem eines großen Tiers. Da lenkte mein Vater den Wagen schon die friedlichen Dorfstraßen entlang, Staub wirbelte unter den Rädern, die Hühner stoben auseinander und alles sah genauso aus wie zwei Wochen zuvor. Er fuhr zum See. Ich fürchtete mich vor dem Anblick des Sees, aber ich sagte es nicht und starrte stattdessen auf die Fußmatte. Er fuhr ganz nah ans Ufer und sagte: »Schau hin.« Ich hob den Kopf. Der See lag schwarz da, bedeckt von den Körpern der Badenden. Es war unheimlich. Als wäre nichts geschehen. Ein lauer Wind griff in mein Haar und breitete es über den Schultern aus. Mein Vater wies auf das Wasser und sagte: »Siehst du. Sie haben sie herausgeholt. Es ist nichts passiert.« Er sagte: »Wenn sie gestorben wäre, würde hier keiner mehr schwimmen gehen.«

Ich schwieg. Ich wollte ihm glauben.

Doch dann hatte ich jäh das Bild vor Augen, wie er meinen Bruder in hohem Bogen ins Wasser warf. Ich hörte sein hohes Gelächter und fröstelte.

Am nächsten Tag fuhren wir nach Hause. Die Schule begann. Wir hatten ein paar neue Lehrer, andere Kurse und ich entdeckte ein plötzliches Interesse für Literatur. Mein erster Freund war dunkelhaarig, er spielte Schach und Fußball. Es war mit ihm jedoch wie mit dem Rauchen, das ich erst angefangen und dann wieder gelassen hatte. Danach sah ich nur noch jenen Sommer, den weißen Mädchenarm, der sich hebt. Jedes Mal wenn ich mich neu verliebte, war es dasselbe. Ich verliebte mich nur noch in Mädchen, weil es immer der gleiche Arm war, der vom Wasser abhob und emporging, durch die Luft schwebte und winkte. Diese schockierende Geste des Hebens und Senkens, des Aufschwingens und Fliegens, und ich hatte angefangen nicht mehr darüber zu schweigen.

Den See jedoch wollte ich vergessen. Sonderbarerweise war mir das irgendwann gelungen.

Doch jetzt, Jahre später, schrecke ich plötzlich nachts auf. Der Sturm reißt an den Bäumen und die Äste der Eibe schlagen gegen mein Fenster. Und obwohl ich weiß, dass es Einbildung ist, denke ich, sie hätte geklopft. Ich liege im Bett, sehe an die Decke und warte, bis die Morgendämmerung kommt. Ich sehe wieder die glatte Oberfläche des Sees und spüre das feine, rote Haar des Mädchens zwischen meinen Fingern. Das starre, weiße Gesicht, das sich im Wasser gespiegelt hatte und das einen Moment lang so nah gewesen war. Kurz darauf wieder der Schrei hinter mir: »Ich hab einen Arm … mein Gott … sie ist weg!«

Ich erinnere mich an unser Auto, das die Waldwege entlanggeflüchtet war, fort von diesem Ereignis, in Sicherheit. Ich sehe wieder, wie ich hinten saß und geschwiegen habe und dabei auf den fuchsroten Schopf meiner Mutter starrte.

Dann weiß ich, dass es zu spät ist zum Schlafen, stehe auf und setze mich an den Tisch.

Ich habe angefangen zu schreiben. Vielleicht ist es eine Möglichkeit, das Vergessene nicht mehr auszulassen.

Michael Wildenhain

Meine Cousine Iris

»Peng!«, sagte meine Cousine.

Während mein Großvater mit meiner Mutter und meiner Tante im Garten Kaffee trank, saßen Iris und ich auf dem Dachboden und spielten Mühle.

Wir hatten uns nah ans Fenster gesetzt, weil wir nicht hinunter in die Stube gehen wollten, um nach einer Birne für die Stehlampe oder für die Fassung an der Decke zu fragen.

»Peng!«, sagte Iris. Sie schloss ihre Mühle und schnippte einen Stein, der mir gehörte, vom Brett.

Ich trank einen Schluck Limonade, die nach Kunststoff schmeckte, sobald ich danach aufstieß, verschob achtlos eine Spielfigur und aß zwei weitere Waffeln mit Zitronenfüllung. Iris trug einen Rock.

Sie leckte mit der Zungenspitze über ihre Oberlippe, die ungewöhnlich rot war, während sie einen Flügel ihrer Zwickmühle schloss und mir erneut einen Stein nahm.

»Gleich kannst du springen.«

Sie hatte ihre Fingernägel mit transparentem Lack bemalt. Mir blieben noch vier Spielfiguren. Iris beugte sich vor.

»Spielt ihr bei euch – in der Schule oder so – nie Mühle?«

»Doch«, sagte ich, »doch, doch.«

»Wirkt nicht so«, entgegnete meine Cousine.

Ich rieb an meinen Ohrläppchen, bis sie heiß wurden und juckten. Iris schlug die Beine übereinander.

»Lange nicht gespielt?«

»Doch«, sagte ich, »doch, doch.«

Ich sah ihre Oberschenkel.

»Bist dran!« Iris strich ihren Rock glatt.

Ich zog. Als sie einen weiteren Stein schlug, durfte ich springen. Sie lehnte sich in ihrem Stuhl zurück.

Unter dem Pullover trug sie einen Büstenhalter, die Träger schnitten in die Haut.

»Wie wär's mit Ziehen?«, fragte sie und fuhr sich mit der Zungenspitze über die Oberlippe.

Den transparenten Nagellack, den Iris aufgetragen hatte, hatte meine Mutter meiner Tante mitgebracht. Ich bewegte einen Stein. Iris schloss eine zweite Zwickmühle und ich verlor.

»Revanche?«

Ich dachte daran, wie ich meine Cousine auf einer Couch gekitzelt hatte. Die Styroporkugeln der Füllung knirschten unter dem Gewicht unserer Körper, die Kissen gaben nach, niemand kam ins Wohnzimmer und wies uns zurecht. Iris hatte sich gewehrt, indem sie vorgab mich festzuhalten. Wir atmeten rascher. Bis auf das Knirschen der Kugeln war es im Zimmer still.

»Du!«, sagte Iris.

Ich setzte einen Stein, während sie sich mit der Zunge über die Oberlippe fuhr. Der Dachboden roch nach Teerpappe, nach Hitze, Staub und Sommer.

Als Iris die Knie übereinander schlug, fiel mir ein Eröffnungstrick ein. Während ich meine Ohrläppchen rieb, bis sie brannten, kaute Iris an den Fingerknöcheln. Ich sah den Saum ihres Schlüpfers. Und gewann.

Nachdem ich sie dreimal geschlagen hatte, warf sie das Spielbrett um. Die Spielsteine lagen verstreut in einem Lichtfleck. Über der Tischplatte tanzte Staub im Sonnenstrahl. Iris trat gegen den Holztisch.

Als sie den Dachboden verließ, rief ich: »Warte!«, und lief ihr nach. Während wir die Treppe hinuntersprangen, sagte der Mann, dem die Laube im Nachbargarten gehörte und der sich gerade am Kaffeetisch meines Großvaters niederließ: »… gezeigt, was ein richtiger Arbeiter zu leisten im Stande ist!«

Iris, die am Fuß der Treppe missmutig auf mich gewartet hatte, kickte gegen einen Klumpen Erde und sagte: »Gut, ich zeig dir heute den Hühnerstall.«

Sie betonte den Satz auf eine Art, als müsse ich eine Mutprobe bestehen.

»Der Hühnerstall«, fügte Iris hinzu und es klang fast bedrohlich, »liegt am Rand der Kolonie.«

Sie huschte in die Laube, schloss die Schlafzimmertür und zog sich eine kurze Hose an und einen ärmellosen Pullover. Den Büstenhalter hatte sie über das Bett gehängt.

Als wir die Kolonie durchquerten, ging Iris ein Stück vor mir her.

Jeder Schritt wirbelte Staub auf. In einigen Gärten bellten Hunde. Während ich Iris folgte, fiel mir der letzte Sommer mit Kuhlmann und Marienwald ein.

Es war der erste Sommer gewesen, in dem es mir, weil ich alt genug war, von meiner Mutter erlaubt worden war bis zum Anbruch der Dunkelheit allein auf der Straße zu bleiben. Ich kannte die Gegend am Rathaus. Kuhlmann und Marienwald kannten die Gegend in der Nähe des Straßenstrichs.

Sie zeigten mir ein Treppenhaus, ein längst nicht mehr benutztes Außenklo und ein Loch in einer Mauer, einen unscheinbaren Spalt im kompakten Backstein. Ohne auf unsere verdrehten Schultern oder die schmerzenden Knie zu achten hockten wir im Kalkstaub der Außentoilette und schmulten durch den Riss.

Im Kabuff war es eng und dunkel. Der Geruch der Taubenkadaver wurde drückender, je länger wir uns in der Kabine aufhielten. Trotzdem blieben wir stundenlang sitzen und schauten auf die gespreizten Beine der Frauen, deren Gesichter wir nie zu sehen bekamen.

Die Frauen lagen auf einem Stuhl, ihre Beine ruhten auf je einem Metallbügel. Die Frauen hielten still, ein Mann verstellte uns manchmal den Blick. Die Körperteile der Frauen kannten wir von heimlich erworbenen Fotografien. Wir sahen alles deutlicher, als es im Biologiebuch abgebildet war. Lebendiger, zum Greifen nah und erschreckend rosa.

Während unserer Beobachtungen – zuerst auf einer langsam zerbröckelnden Kloschüssel, auf der ein Zementsack gelegen hatte, dann, als sie zerbrach, dicht beieinander stehend – schwiegen wir und blickten einander nicht in die Augen. Wenn wir den engen Ort verlassen hatten, redeten wir nie über das Gesehene. Wir trennten uns und gingen unserer Wege.

Dennoch kamen wir wieder.

Nachdem das Klo gegen Ende des Sommers desinfiziert und zugemauert wurde, waren wir erleichtert ohne es uns einzugestehen –

»Hier ist es!«, sagte Iris.

Ich fuhr zusammen, als hätte ein Hund gebellt. Der Hühnerstall war ein Schuppen, dessen Besitzer ausschließlich während der Woche in die Kolonie kam.

Die Fenster des Stalls hatten keine Scheiben, vor die schmalen Öffnungen war Maschendraht gespannt. An einer Seite befand sich eine Holztür, deren Riegel Iris mit einem Draht beiseite schob. An der anderen Seite des Stalls konnten die Hühner aus einem Loch schlüpfen und in einem ebenfalls mit Maschendraht umhegten Gelände frei umherlaufen. Wegen des nahen Waldes roch es nach Harz und Kiefern. Auf einigen Pfützen schwamm gelber Blütenstaub, der an den Rändern wie giftiger Schaum aussah.

»Pass auf!«, sagte Iris.

Sie ließ mich über den Zaun steigen und hieß mich

vor dem Loch Acht geben, dass keines der Hühner entkam. Dann ging sie in den Schuppen.

Während ich den Hähnen und Hennen den Fluchtweg verstellte, indem ich die Öffnung in der Wand mit den Füßen versperrte, hörte ich, wie die Vögel im Stall umherflatterten, gackerten und krähten. Ich nahm an, Iris würde Eier stehlen. Als sie aus dem Schuppen trat, hielt sie einen Hahn, dessen Kopf nach unten hing, an den Beinen fest.

»Was willst du damit?«, fragte ich.

»Komm mit«, sagte Iris.

In kurzer Hose und ohne sich mit der Zunge über die Oberlippe zu fahren wirkte sie wie ein Junge. Ich musste die Augen nicht schließen, um meine Cousine an Stelle von Kuhlmann und Marienwald im Kalkstaub der Außentoilette knien oder stehen zu sehen, während sie durch den Riss in der Mauer zwischen die Beine der Frauen blickte, deren Gesichter wir nie erkennen konnten.

Iris steckte den Hahn in eine Regenwassertonne.

Der Hahn schlug mit den Flügeln, schaffte es aber nicht, sich aus der Tonne zu befreien. Als seine Bewegungen schwächer wurden, tauchte ihn Iris ein letztes Mal unter, bevor sie ihn aus dem Wasser hob und über den Maschendraht zurück in das Gehege warf. Dort blieb er eine Weile wie betäubt auf der hellgrauen Erde liegen. Ich sah mich starr neben meiner Cousine stehen, während ich das Zucken des Hahns in der Tonne und hinter dem Draht verfolgte.

Als der Hahn sich Momente später erhob, taumelnd zum Schuppen hinüberlief und im Stall verschwand, drehte ich mich zu Iris um.

»Wozu?«, fragte ich meine Cousine. »Warum machst du das?«

»Nur so«, erwiderte sie.

Ich schlug ihr ins Gesicht.

Während ich erwartete, dass sie sich auf mich stürzen und mich ebenfalls schlagen würde, stand sie einen Moment still vor mir, sah mich an und lächelte, als habe sie gewonnen. Sie fuhr sich mit der Hand über die Wange und fiel, als würde die Wirkung des Schlags ihren Körper mit Verzögerung erreichen, rückwärts in ein Gesträuch.

Kaum hatte ihre Haut die Brennnesseln berührt, die dicht bei dicht in den Büschen wuchsen und die wir nicht bemerkt hatten, bildeten sich auf ihren nackten Armen, am Hals und an den Beinen Quaddeln von einer Größe, wie ich sie vorher nie gesehen hatte. Die Haut färbte sich rot.

Erschrocken half ich Iris aus dem Gebüsch ohne darauf zu achten, dass meine Hände brannten. Iris wurde blass und begann zu zittern.

»Bring mich zurück!«, sagte sie.

Wir rannten die staubigen Wege entlang, als folgten uns der Hahn und die Hunde der Kolonie.

»Wo morgen Ostern ist!«

Tante Annie rang die Hände und hob sie vors Gesicht.

Sie umarmte ihre Tochter, als geschähe es das letzte Mal. Vielleicht wird sie gleich weinen, dachte ich.

Sie räusperte sich. »Wie konnte das passieren?«

Sie weinte nicht und sah schön aus, viel jünger als meine Mutter.

»Gestolpert«, sagte Iris.

Sie sprach inzwischen undeutlich, als hätte eine Wespe sie in den Mund gestochen.

Tante Annie musterte mich. Auch meine Mutter sah mich lange und prüfend an.

Iris nuschelte: »Er war's nicht.«

Tante Annie sagte: »Nun.«

Sie bestrich Iris' Haut mit einer Salbe, gab ihr drei Tabletten und ließ sie sich ins Schlafzimmer unseres Großvaters legen. Meine Mutter und Tante Annie feuchteten Tücher und Laken an und breiteten sie vorsichtig über meine Cousine.

Beide verließen den Raum, der kühler war als die anderen Zimmer und in dem ich bisher selten gewesen war. An der Tapete wuchs Efeu aus mehreren Blumentöpfen hoch. Ein Bild zeigte meine Großmutter, die ich nie kennen gelernt hatte, jünger als meine Mutter jetzt. Ein weiteres zeigte die Großeltern, als sie geheiratet hatten.

Iris' Büstenhalter rutschte vom Bettpfosten auf den Boden. Ich hob ihn auf und setzte mich auf einen roten Schemel, einen Hocker, der gewöhnlich im Flur stand und auf den mein Großvater seine Füße stellte, wenn er sich die Schuhe mit einem Schuhlöffel anzog.

Iris lag auf dem Federbett. Unter den feuchten Tüchern zeichnete sich ihr Körper ab. Im Rhythmus ihrer Atemzüge hob und senkte sich der Stoff über ihrem Gesicht. Sie sprach nicht und sie bewegte sich nicht. Ich scheute mich das Zimmer zu verlassen.

Bei einem unserer letzten Besuche im Sommer des vergangenen Jahres hatte ich mit ihr unter einem Holunderstrauch gelegen. Die Beeren, die wir aßen, rochen nach vergorenem Wein. Während sie unsere Zungen schwer werden ließen, färbte der Saft unsere Lippen, Finger und Wangen. Käfer flogen von den Büschen auf und stießen gegen die Stämme der Kiefern, an deren harzenden Stellen Fruchtfliegen klebten – bis sie, dachte ich, Bernstein geworden wären. Nach einer Weile erhoben wir uns und steckten einige Dolden des Holunders in die Taschen, die Beeren wurden zermatscht. Sie machten Flecken auf unseren Hüften, die Hosen wurden violett und wir glaubten, die Farbe ginge nie mehr heraus. Sie hing auch an der Haut und wir meinten sie sogar darunter zu spüren. Die Limonade, die meine Tante uns später gab, als wir mit nassen Tüchern auf der Stirn in der Laube saßen, war kühl und gelb, goldgelb wie die Blitze, die durch die Käfer in den Büschen entstanden waren, an einem Abend im Sommer, bevor ich wieder heimfuhr.

Weil ich Iris' Schweigen und ihre Reglosigkeit auf dem Bett meines Großvaters nicht ertrug, aber nicht wagte mich zu erheben und im Raum umherzugehen, öffnete ich leise die Schublade des Nachttischs.

Meine Mutter schaute ins Zimmer. Obwohl ich vor ihr auf dem Stuhl saß und sie erschrocken anstarrte, schien sie mich nicht wahrzunehmen, sondern sah an mir vorbei und musterte die Umrisse der von Tüchern verhüllten Gestalt meiner Cousine, als könne sie das Laken mit ihrem Blick durchdringen.

Ich hatte vor einiger Zeit eine Geschichte gelesen, in der ein Mann morgens in den Spiegel guckt und feststellt, dass er über Nacht ein anderer geworden ist. So ähnlich kam mir meine Mutter vor, während sie Iris betrachtete, die sich unter den Tüchern kaum bewegte.

Einen Augenblick wirkte es, als wolle sich meine Mutter mit einem jähen Ruck auf ihre Nichte stürzen und ihr das Laken wegreißen, stattdessen schüttelte sie ungläubig den Kopf und ballte, während sie sich straffte, kraftlos die Fäuste, bevor sie die Tür des Zimmers behutsam wieder schloss.

Im Raum begann es zu dämmern. Die Schatten glitten zwischen dem Efeu aus der Wand.

»Wer war das?«, fragte Iris.

»Nur meine Mutter«, sagte ich, während ich die Schublade leise wieder in den Nachttisch schob.

»Und das jetzt?«

Meine Cousine neigte den bandagierten Kopf.

»Draußen wird es dunkel«, sagte ich.

Iris entfernte das feuchte Tuch von Kinn, Nase und Ohren, das ihr beim Sprechen hinderlich war, und tat es beiseite. Die Augen blieben bedeckt, der Mund lag frei.

Iris fuhr sich mit der Zunge über die Oberlippe, die ungewöhnlich rot und geschwollen war.

»Wie geht es dir?«, fragte ich.

»Mein Körper ist heiß«, flüsterte sie, nahm meine Hand und legte sie unter die feuchten Tücher. Ich spürte die Quaddeln, randlose Erhebungen auf Iris' warmer Haut.

Das nächste Mal besuchten meine Mutter und ich meine Cousine in einer Spezialklinik für Dermatologie. Tante Annie begleitete uns. Seit mein Vater gestorben war, waren mir Krankenhäuser noch unangenehmer als vorher.

Auf dem Weg zur Klinik hatten meine Mutter und Tante Annie angefangen zu streiten. Der Streit begann, als sie sich in der S-Bahn nicht mehr ansahen, während sie miteinander sprachen, sondern vor sich hin starrten, aus dem Fenster schauten oder am Kopf der anderen vorbeiblickten, als wäre sie nicht vorhanden. Die Sätze, die den Mund verließen, ähnelten einer normalen Unterhaltung, die Betonung änderte sich, am Satzende hob meine Mutter die Stimme statt sie zu senken.

Tante Annies Erwiderungen wurden mit jeder Ausführung meiner Mutter kürzer. Das Gespräch handelte von der bevorstehenden Geburtstagsfeier einer Person, deren Name nicht genannt wurde. Ich sah zu Boden und hoffte, wir wären bald da, aber die Fahrt dauerte an und weder meine Mutter noch ihre

Schwester machten Anstalten, sich von der Holzbank zu erheben.

Nachdem wir ausgestiegen waren, gingen sie schweigend nebeneinanderher und sahen sich sehr ähnlich. Ich blieb ein Stück zurück und wünschte mir, zu Hause in meinem Bett zu liegen und den Scheinwerfern der Autos zuzusehen, wie sie an der Jalousie zerfielen und als Streifen über die Tapete glitten, bis sie sich in der Dunkelheit verloren.

Iris hatte im Krankenhaus ein eigenes Zimmer. Sie saß, als wir den Raum betraten, auf ihrem Bett und trug einen gelben Bademantel, der so lang war, dass ich die Quaddeln nur an ihren Füßen, den Waden und in ihrem Gesicht sehen konnte.

Dreimal am Tag musste Iris zum Bestrahlen nackt in einem Behandlungsraum unter speziellen Lampen hin und her laufen. Während der übrigen Zeit trug sie unter ihrem Bademantel nichts als eine dünne, durchsichtige Plastikfolie, weil ihr Körper mit einer besonderen Creme eingeschmiert war, einer Heilsalbe.

Als wir die Tür hinter uns geschlossen hatten, bot uns Iris Saft an, ein Getränk, das ich nicht mochte. Meine Mutter und Tante Annie stellten ihre Blumensträuße zusammen in eine Vase, weil keine zweite vorhanden war.

Meine Mutter sagte: »Das Zimmer ist groß.«

Tante Annie murmelte: »Weil sie ein besonderer Fall ist.«

Beide setzten sich stumm auf die einzigen Stühle und nippten kurz an ihren Gläsern. Jede Bewegung wirkte, als geschähe sie gegen einen Widerstand. Das Schweigen im Raum wurde dichter.

Schließlich stand meine Mutter auf und fragte: »Vielleicht könnten wir ... irgendwo einen Kaffee trinken?«

Tante Annie, die sich ebenfalls eilig von ihrem Stuhl erhob, leerte ihr halb volles Glas in ein Handwaschbecken.

»Bestimmt«, sagte sie. »Ganz sicher gibt's hier irgendwo einen vernünftigen Kaffee.«

Gemeinsam mit meiner Mutter verließ sie das Krankenzimmer und zog die Tür ins Schloss. Iris und ich sahen uns an, wir lächelten vorsichtig. Draußen im Gang waren erneut Schritte zu hören. Unwillkürlich hielten wir den Atem an.

Als meine Mutter an der Tür des Krankenzimmers vorbeiging, hörten wir sie zischen: »Leb doch gefälligst dein eigenes Leben!«

Ebenso heftig erwiderte Tante Annie: »Was tu ich denn? Was, bitte, könnte ich denn sonst tun? Was, ja, was tu ich denn sonst?«

Die Stimmen entfernten sich. Die Schritte verklangen. Auf dem Gang wurde es still.

Eine Weile sprachen weder Iris noch ich. Ich hatte mich auf einen Stuhl gesetzt und trank mein Glas in kleinen Schlucken aus. Der Saft schmeckte nach einer Mischung aus Birne, Melone, Pfirsich und altem Esspapier. Das leere Glas spülte ich am Handwaschbecken aus.

»Kannst dich ruhig auch aufs Bett setzen.«

Iris rutschte zur Seite und zog die Knie an den Körper.

Ich stellte mein Glas auf den Nachttisch und setzte mich ans Fußende. Neben mir lag ein Tablett, an dem Möhren- und Kartoffelreste klebten. Ich strich über die Oberfläche.

Als ich das Tablett zurückstellen wollte, hielt Iris meine Hand fest. Wir sahen zur Wand und bewegten uns nicht. Unsere Finger berührten sich.

»Bin nicht ansteckend.«

Iris' Stimme klang belegt. Ich nahm das Tablett vom Bett und legte es auf den Boden.

Dann hörten wir im Gang das Geräusch des Fahrstuhls und horchten, ob er halten und ob die Zimmertür sich wieder öffnen würde.

»Hier«, sagte meine Cousine. »Schön. Oder?«

Sie hatte mich zu einem alten Ballettsaal geführt, der groß war wie eine Turnhalle. Auf dem Weg dorthin mussten wir das Klinikgebäude verlassen.

Wir waren ein Stück durch den Garten gelaufen. Iris trug über ihrem Bademantel und der Plastikfolie, die bei jedem Schritt raschelte, einen langen Anorak. Sie hatte sich nicht umziehen wollen, weil die Creme unter der Folie in ihre Haut sickern sollte und weil sie fürchtete, unsere Mütter kämen in Kürze zurück.

Von einem Teich klang das Quaken einer Kröte herüber. Ein Blatt Papier in einem Baum sah aus wie eine Taube, die in den Ästen flatterte ohne davonzufliegen. Das Bettenhaus der Klinik wirkte von außen flach und hässlich, ein Komplex aus Waschbeton, in die Wände eingelassen waren blaugrüne Platten aus glattem Eternit. Nur der Bau, in dem sich der Ballettsaal befinden sollte, war alt und überragte die neueren Gebäude. Die Fenster waren hoch, die Scheiben bleigefasst.

Wir mussten ein Abluftgitter aus der Verankerung heben und in einen Schacht kriechen. Wir drückten ein Kellerfenster auf und ließen uns an der Wand des Heizungsraums herunter. Es roch nach Öl. Zu sehen war nur das grüne Schimmern der Kesselarmaturen. Als wir das Abluftgitter über die Öffnung gezerrt und das Fenster hinter uns angelehnt hatten, glänzten auch die Kontrollinstrumente und Messinghähne nicht mehr.

Während wir uns durch die heizwarme Dunkelheit tasteten, überlegte ich, wie es wäre, wenn Tante Annie sterben und Iris zu uns ziehen würde, weil ihr geschiedener Vater – einen »Fatzke« nannte ihn mein Großvater – nichts mehr von ihr wissen wollte.

Iris zöge zu uns. Wir würden in einem Zimmer schlafen. Meine Mutter würde uns Gute Nacht sagen. Dann würde sie das Kinderzimmer verlassen.

Morgens erst käme sie herein, um uns zu wecken. Iris und ich hätten die Schritte meiner Mutter gehört und täten, als würden wir schlafen.

Wir würden die Augen widerstrebend öffnen, während meine Mutter »Frühstück« sagen würde und »Putzt euch die Zähne und wascht euch das Gesicht!«.

»Schön«, sagte Iris, »oder?«, als sie die Tür des Ballettsaals sacht aufgeschoben hatte und mir den Vortritt ließ.

»Aber sei bitte leise.«

Durch die bleigefassten Fenster fiel das Licht einer Baustelle auf eine verspiegelte Wand und auf das gebohnerte Parkett.

»Was machen die hier?«, fragte ich. »Tanzen die Patienten?«

»Die machen«, erwiderte Iris, »Gymnastik für ihre Gesundheit.«

Vor den Spiegeln war eine durchgehende Stange befestigt, an der sich die Übenden festhalten konnten. Um mich zu vergewissern, dass ich nicht träumte, schloss ich die Augen und presste die Lider aufeinander.

»Horch«, sagte Iris, »dahinten … da, wo das Klavier steht, da war ein Geräusch.«

Ich riss die Augen auf und sah ein Tier über den Boden huschen.

»Ratten«, sagte Iris, »das sind Ratten.«

Statt wegzulaufen ging sie auf die Schatten zu.

Trotz der knisternden Plastikfolie gelang es ihr, eine der Ratten zu fangen, bevor das Tier unter der Scheuerleiste in einem Spalt verschwinden konnte.

Die Ratte war klein und beinahe weiß und wirkte

wie geschwächt durch ein Gift, einen Köder vielleicht, den sie offenbar gefressen hatte. Ihre Augen waren rot und hastig, an einer Seite des Kopfes klebte in der Ohrmuschel dunkel verkrustetes Blut.

»Ich dreh ihr den Hals um«, murmelte Iris, »lange lebt die sowieso nicht mehr.«

»Nein!«, hörte ich mich mit einer mir fremden Stimme sagen.

»Das ist nur ein Knack.« Iris strich der Ratte durchs Fell. »Ich brech ihr das Genick. Ist für sie besser.«

Meine Cousine stand vor mir, den Anorak hatte sie auf das Parkett gleiten lassen, der Bademantel öffnete sich, das Baustellenlicht brach sich an der Plastikfolie und wurde reflektiert.

»Mach es nicht.«

Ich dachte an den Hahn in der Wassertonne und an Iris' Lächeln, als habe sie gewonnen.

»Woher kannst du so was überhaupt?«

»Hat mir mein Vater … mein richtiger Vater gezeigt.«

Sie musterte mich prüfend, schüttelte den Kopf und ließ die Ratte widerwillig laufen.

Ich schloss erneut die Augen und öffnete sie, weil Iris mich berührte.

Ihr Spiegelbild rückte den gelben Bademantel zurecht und schlüpfte aus den Schuhen. Als ich sie fragte: »Du wolltest mir die Halle, das alles hier nur … zeigen?«, sagte Iris: »Nein.«

Während ihr das Rascheln der Folie durch den Ballettsaal nachlief, ging sie hinüber zu einem Schrank, öffnete vorsichtig die Tür und legte den Arm eines Grammofons auf eine alte Platte.

Beim ersten Ton hob Iris sich auf die Zehenspitzen.

Es schwillt das Herz / von süßem Schmerz / der Not entwachsen Flügel –

»Nein«, sagte sie, »ich tanze. Ich tanze jetzt für dich.«

Michael Weins

Schnute

Er ist hinter mir her. Sein Schnaufen ist in meinen Ohren. Es knackt, wenn sein Körper durch die Zweige bricht. Ich schlüpfe durch Astgeflecht, springe über Wurzeln, nehme Bodenwellen mit. Schweiß rinnt mir in den Ausschnitt der Bomberjacke, die sich im Gezweig verheddert, der Satin reißt ein, aber es ist egal, wenn ich nur fortkomm. Ich bin ein Reh, das vor dem Wolf flieht. Ich bin ein Hirsch, der schnellste im Wald, und er ist bloß er selbst. Er ist Gregor, das ist schlimm genug. Gregor, der Jäger. Ich bin am Rand der Schonung angekommen, hier kann ich nicht weiter. Wir haben vereinbart, dass die Schonung das Gebiet ist. Ich bin stehen geblieben. Ich stehe und lausche: nur das Rauschen des Windes in den Kronen der Kiefern. Aus der Schonung ist nichts zu hören. Entweder ist er im selben Moment stehen geblieben, lauert ein paar Schritte weiter oder ich habe ihn abgeschüttelt. Ich kauere mich in eine Mulde zwischen dicht wachsenden Bäumen. Hier warte ich, weil meine Lunge wehtut. Wenn er mich jetzt noch nicht erwischt hat, habe ich eine Chance. Wenn er kommt, kann ich ihn schon von weitem hören. Aber hier findet er mich nicht.

Irgendwann werden sie rufen. Heiko, wird es durch die Schonung schallen, seine Stimme und dann die von Schnute, und ich werde sie zappeln lassen, um meiner Sache sicher zu sein. Heiko! Heiko! Ihre Stimmen werden erst ungeduldig, dann verzweifelt. Plötzlich stehe ich aus dem Nichts da, die Hände am Gürtel, triumphierend. Gregor ist erschöpft und kauert auf einem Hügel. Schnute hat er gefunden, mich nicht. Ich war ihm überlegen, obwohl er zwei Jahre älter ist. Überall hat er gesucht. Wo warst du, fragt er mit kleinen Augen. Du musst ja nicht alles wissen, sage ich und deute ein Lächeln an, das Schnute gilt. Schnute schaut mich an, streicht sich eine Strähne aus dem Gesicht, lächelt.

So wird es sein, so könnte es sein, wenn er mich nicht findet.

Ich kauere in meiner Mulde, ich betrachte den Käfer, der über meine Finger klettert.

Ich könnte zum Baumstumpf der alten Eiche schleichen. Vielleicht lauert er dort, vielleicht erwartet er genau das. Vielleicht macht er es sich einfach. An der Eiche hat er bis fünfzig gezählt und dann abgewartet. Der Eichstumpf liegt auf dem Hügel beim verrosteten Zaun, der unseren Hof von der Schonung trennt. Der Zaun hat überall Löcher, man kann ganz leicht hindurchschlüpfen.

Eigentlich ist es nicht unser Hof, das heißt nicht meiner. Ich bin bloß zu Besuch hier. Der Hof gehört meiner Oma und meinem Onkel. Ich besuche meine Oma. Eigentlich wohne ich in der Stadt und nicht auf dem Land. Die Stadt ist weit weg, man muss über die Grenze fahren. Die Stadt, in der ich wohne, liegt in Deutschland. Das Dorf, in dem meine Oma wohnt, liegt in der DDR. In der DDR sind alle Kommunisten, sagt Heiner, mein Cousin, und er muss es wissen. Ihr in der BRD seid die Kapitalisten, sagt er, wir in der DDR sind die Kommunisten. Sozialisten, verbessere ich, weil ich ein Streber bin. Ich habe es in Gemeinschaftskunde gelernt. Der Kommunismus ist der Endzustand, die quasi paradiesische Verwirklichung zwischenmenschlicher Solidarität, die Produktionsmittel sind gerecht aufgeteilt, sage ich, der Sozialismus ist bloß der Weg dazu. Ich bin ein blässliches Kind, das gerne in Büchern liest, das alles besser weiß, deshalb muss ich jeden Sommer drei Wochen auf dem Land bei meiner Großmutter verbringen, um an der frischen Luft zu sein und das nahrhafte Essen meiner Tante zu essen und nicht nur Tiefkühlzeugs wie bei uns zu Hause.

Hier bin ich ein Hirsch, der durch die Schonung läuft. Ein Hirsch in einer Mulde.

Gregor wohnt im Kartoffelveredlungswerk. Eigentlich kommt er aus Schwerin, einer Stadt in der Nähe. Er verbringt den Sommer hier, um bei der Ernte zu helfen. Vormittags muss er bei der LPG raus aufs Feld und die Rüben aufsammeln. Mein Onkel ist auch bei der LPG beschäftigt, als Traktorist. Manchmal nimmt er Gregor mit zu uns auf den Hof zum Abendessen, damit er Familienanschluss hat.

Vielleicht ist Schnute ebenfalls in meine Richtung gerannt, kauert in einer benachbarten Mulde. Schnute und ich, Seite an Seite. Ihren Atem habe ich hinter mir gehört, ihre Schritte. Sie ist mir gefolgt, weil sie bei mir sein wollte. Schnute ist ein Jahr älter als ich. Sie ist 14 und kommt aus Ost-Berlin, Hauptstadt der DDR. Ost-Berlin, Hauptstadt der DDR, sagt man. Sie redet anders als ich, so wie die Leute in Berlin reden. Jeden Sommer ist sie da, weil ihr Vater im Wald auf die Wildschweine schießt. Ihr Vater ist ein hohes Tier in der Partei, sagt meine Oma. Ich weiß nicht, ob Schnute eine Mutter hat, denn sie ist immer nur mit ihrem Vater da. Sie haben eine Kammer über der Tenne unterm Dach. Wenn sie nicht da sind, ist das Zimmer abgeschlossen, das weiß ich, weil ich die Tür probiere, wenn ich Weihnachten bei meiner Oma bin oder zu Ostern. Vor der Tür hängt ein Vorhängeschloss, zu dem nur Schnutes Vater den Schlüssel besitzt.

Schnute hat dunkelblonde dicke Haare. Sie hat Sommersprossen im Gesicht. Sie trägt einen Bikini, wenn sie im See baden geht. Ich liege auf meinem Handtuch und schaue ihr zu, wie sie über das Gras zum Wasser geht. Ich schaue über mein Buch, damit es aussieht, als würde ich lesen. Ich will nicht, dass Schnute merkt, dass ich sie anstarre. Ich habe ihr die Bravo mitgebracht, weil es die in der DDR nicht gibt. Und eine Barbie mit Safarikleidung und ein T-Shirt, auf dem »Vileda« steht.

Ich schlafe auch unter dem Dach in meiner Schlafkammer. Wenn ich nachts im Bett liege, denke ich, dass ich Schnute im Nebenzimmer atmen hören kann.

Ich habe eine Taschenlampe, mit der ich die alte Holztreppe hochschleichen muss, nachdem ich allen Gute Nacht gesagt habe. Es gibt keinen Lichtschalter, weil die Schlafkammer über der Tenne liegt. Die Tenne gehört schon nicht mehr zum Haus. Da stehen die Geräte, und die Katzen bekommen ihr Fressen, anders als bei uns, wo die Katzen mit zur Familie gehören. Hier sind die Katzen scheu und lassen sich nicht streicheln. Abends stellt meine Oma ihnen zerdrückte Kartoffeln mit Milch hin, kein Whiskas wie bei uns, und sie lacht über mich, wenn ich die Katzen anlocken will. Die kommen nicht, sagt sie, die sind viel zu klug, die machen eh bloß, was sie wollen. Ich schleiche hinauf ins Dunkel, halte mich an meiner Taschenlampe fest, folge dem Lichtpunkt. Wo Licht ist, kann nichts Böses sein. Ich taste mich den Flur entlang durchs Schwarz zur Tür. Drehe den Lichtschalter um. Es klackt, wenn das Licht angeht. Dann ist alles gut, dann schließe ich schnell die Tür, damit das Dunkle nicht zu mir hineinkann.

Schnute geht noch lange nicht ins Bett. Sie sitzt noch in der Wirtschaft mit ihrem Vater. Einmal bin ich aufgewacht und habe die beiden nebenan reden hören. Seine tiefe Stimme war besser zu verstehen, aber wenn ich den Atem anhielt, habe ich ihre ebenfalls gehört, mein Ohr an der Wand, saß da in meinem Pyjama, eingeschlagen in das dicke Federbett, und war ihr nah.

Ich muss daran denken, wie ich hinter Schnute den Bandekower Weg entlanggehe, der in den Wald führt. Sie hat die Hose hochgekrempelt und ich kann ihre Waden angucken. Schnute geht barfuß und ich habe auch keine Schuhe an. Es fühlt sich schön an, barfuß den sandigen Weg entlangzugehen, sich mit den Zehen bei jedem Schritt in den Staub zu graben und ihn emporzuschaufeln. Ich schaue ihre Waden an und die Beine darüber und den Po, der in einer billigen Ostjeans feststeckt. Diese Ostjeans sehen immer komisch aus, als könnten sie in der DDR keine Hosen herstellen. Die Hosen sehen hilflos aus. Man merkt, dass sie auch gern normale Jeans haben wollen wie wir, aber sie wissen nicht, wie sie es hinkriegen sollen, und sie probieren es immer und immer wieder und alle wissen, dass die Resultate scheiße aussehen, nur spricht keiner darüber, weil sie sonst traurig werden und gar nichts mehr tragen können. Bei der Cola und bei den Süßigkeiten ist es das Gleiche. Sogar beim Honig. Ich weiß das, weil ich mitkriege, wie sie meine Levi's angucken, Schnute und Gregor, selbst Heiner schaut meine Levi's so an, obwohl er ein Bauernjunge ist und ich ihm immer normale Dinge aus dem Westen mitbringe, einen Radiorecorder, Leerkassetten und Schweißbänder.

Barfuß gehen geht nicht auf dem Hof, weil man sonst in Hühnerscheiße tritt. Wenn man ins Haus geht, muss man die Schuhe ausziehen, weil das Profil voller Hühnerscheiße ist. Hühnerscheiße stinkt, nicht so schlimm wie Hundescheiße, aber sie riecht eklig süß und ist nichts, was man an der Fußsohle haben will. Die Hühner laufen frei auf dem Hof herum. Abends treibt mein Cousin sie in den Stall, damit sie vor dem Fuchs sicher sind. Man tritt auf dem Hof in Scheiße, da kann man machen, was man will.

Als wir klein waren, hat mich Schnute einmal allein in den Wald mitgenommen. Hinter der Schonung unter den großen Kiefern hat sie mich gefragt, ob sie sich ausziehen soll für mich. Ich habe einen trockenen Mund bekommen. Ich war zu klein fürs Ausziehen und ich wusste es. Sie würde sich ausziehen, sagte sie, wenn ich ihr dafür mein Lacoste-Hemd gebe. Ich hatte ein Lacoste-Hemd an, ein dunkelblaues mit dem grünen Krokodil. Schnute wusste genau, was Lacoste bedeutet. Na, fragte sie und legte die Hände an ihr geringeltes DDR-T-Shirt. Ja, sagte ich mit belegter Stimme, wurde rot dabei. Du darfst mich angucken, aber Anfassen ist nicht, sagte Schnute. Ich nickte, ich wollte bloß gucken, Anfassen konnte ich mir gar nicht vorstellen. Es wäre mir vorgekommen, als würde man etwas anfassen, das es gar nicht gibt, eine Fata Morgana. Oder als würde man eine heiße Herdplatte anfassen. Es würde zischen, wenn ich sie berührte, und ich müsste zum See rennen, um meine verbrannte Hand abzukühlen. Erst das Hemd, sagte Schnute. Ich zog mein Lacoste-Hemd aus und stand im Unterhemd da.

Ich wusste, dass ich jederzeit zu Hause ein neues bekommen würde, wenn ich danach fragte. Dreh dich um, sagte sie. Ich zähl bis zehn, dann kannst du dich umdrehen. Ich drehte mich um und wartete, dass sie zu zählen begann. Ich betrachtete die Stämme der Kiefern, an denen kleine Glastöpfe hingen, in denen sich in der DDR das Baumharz sammelt. Ich wartete, aber sie fing nicht an zu zählen. Als ich es nicht mehr aushielt, als meine Knie zu zittern begannen, drehte ich mich um. Von Schnute war nichts mehr zu sehen.

Am nächsten Tag sah ich sie in meinem Lacoste-Hemd, das ich ihr geschenkt hätte, wie sie meinem Cousin erzählte. Ich wurde rot und sie lächelte auf mich herab. Mein Cousin sah mich komisch an, er hatte mich schon komisch angesehen, als ich im Unterhemd zurück auf den Hof gekommen war, aber ich konnte ihr nicht böse sein.

Und dieses Jahr ist Gregor da. Gregor ist 15, das ist schon fast erwachsen. Er hat blonde Haare, Locken, was viel besser ist als meine Haare, die einfach nur glatt auf meinem Kopf herumwachsen. Gregor fährt eine Schwalbe, das ist das, was man bei uns ein Mofa nennt, oder zumindest so etwas Ähnliches, wie ein Motorroller in klein. Motorroller ist natürlich besser, aber das weiß hier keiner in der DDR, Schnute vielleicht, weil sie aus Berlin kommt, und in Berlin weiß man fast alles, Berlin ist fast wie Westen. Gregor trägt Turnschuhe mit einem Streifen und am ersten Tag habe ich gelacht, weil man bei uns solche Turnschuhe bei Aldi kaufen kann, die kann sich jeder für sein Taschengeld selber kaufen. Die trägt bei uns niemand, weil es nichts Peinlicheres als Aldi-Turnschuhe gibt. Ich habe gelacht, als ich seine Turnschuhe sah, und habe ein paar Bewegungen mit meinen Füßen gemacht, damit meine Nikes besser zur Geltung kamen. Ich glaube, Nike kennen die gar nicht. Nike ist für die auch bloß ein Streifen. Die kennen bloß Puma und Adidas, aber auch das ist unerreichbar. Schnute stand neben Gregor und hatte die Hand auf den Tank seiner Schwalbe gelegt. Kann ich mal mitfahren, fragte sie und schaute zu ihm hoch. Klar, sagte Gregor mit einer ganz tiefen Stimme. Da habe ich gelacht und auf seine Turnschuhe gezeigt. Hast du die bei Aldi gekauft oder was?

Schnute hat mich angesehen, aber sie hat nicht mitgelacht, obwohl ich sie viel länger kenne. Gregor ist von seiner Schwalbe gestiegen und hat mich in den Staub geschubst.

Trotzdem spielen wir miteinander, Schnute, Gregor und ich, weil es hier nicht sehr viel mehr Kinder gibt im Dorf. Nachmittags kommen die aus der Kleinstadt, um im See zu baden, aber sonst ist nichts los. Ich bin überall, wo die beiden sind. Ich würde Schnute niemals aus den Augen lassen, allein mit diesem Gregor.

Gregor ist nie meiner Meinung, immer weiß er alles besser. Wenn ich Madonna sage, sagt er Puhdys, wenn ich Slayer sage, sagt er City, wenn ich George Michael sage, sagt er Sterncombo Meißen. Und Schnute schaut von einem zum andern. Ahoi, sagen sie, wenn sie sich treffen, und fangen an zu lächeln. Hallo, sage ich, oder Hi, aber auf mich achtet keiner.

Warum heißt Schnute eigentlich Schnute?, habe ich meine Oma in der Küche gefragt. Oma hat vom Kartoffelschälen hochgeguckt. Weil sie beinahe so eine süße kleine Schnute hat wie du. Sie hat mein Gesicht in ihre schmutzige Hand genommen, aber mir war das unangenehm, weil meine Oma immer ein wenig nach Hühnerscheiße riecht.

Ich glaube, Schnute ist nicht Schnutes richtiger Name. Ich glaube, Schnute ist ein Wort aus Berlin. Bei uns im Westen heißt niemand, den ich kenne, Schnute. Zieh nicht so eine Schnute, sagt man, aber das sagt man auch nur im Film oder in Büchern, in Wirklichkeit sagt das niemand, den ich kenne. Niemand sagt das jemals zum andern.

Die Schonung ist still wie ein Flughafen für Engel, nur Rauschen ist zu hören. Mir tun die Knie weh, weil ich schon so lange in der Mulde sitze. Ich habe keine Lust mehr. Ich müsste längst gewonnen haben. So lange kann mich Gregor gar nicht suchen, ich hätte sie längst rufen hören müssen. Hühnerscheiße, denke ich, taste mich aus der Mulde und schleiche durch die Schonung.

Nichts zu sehen, keine Spur von Gregor oder von Schnute, keine Bewegung in der Schonung. Ich habe die Arme um die Knie geschlungen. Vom Stumpf der Eiche aus kann man die ganze Schonung überblicken.

Man blickt über die niedrigen Wipfel hinweg. Ich habe gewonnen, Gregor hat mich nicht gefunden, aber es bedeutet mir nichts. Gerade ist es, als hätte ich mir sie bloß ausgedacht, Schnute und Gregor, als hätte es sie niemals gegeben. Ich blicke über die Schonung, der Himmel über dem Wald ist bereits rot, gleich muss ich zurück zum Hof, dann schaue ich noch eine Stunde mit fern in der Stube und anschließend muss ich hoch in meine Kammer, allein. Gregor und Schnute hocken irgendwo zu zweit in einer Mulde oder sie schwimmen im See oder sie fahren mit seiner Schwalbe über die Felder, ihr Haar weht im Wind, sie hat die Arme um ihn geschlungen, sein Hemd ist aufgeknöpft und flattert um seine Brust. Sie haben mich sitzen lassen, das ist mir klar, sie haben sich abgesprochen, sie haben nur so getan, als wollten sie mit mir Jagd in der Schonung spielen. Ich werde mich rächen, ich weiß noch nicht, wie, aber Gregor wird meine Verachtung zu spüren bekommen. Ich bin 13 und er ist 15 Jahre alt, aber trotzdem wird er es bereuen. Ich bin nicht von hier. Ich bin nicht wie die Leute hier. Ich habe die bessere Hose und die besseren Schuhe. Und ich kann mir alles kaufen, was ich will, das wird der Gregor schon noch merken. Ich denke an all die Sachen, die ich Schnute über die Jahre mitgebracht habe – ein halber Otto-Katalog. Schnute. Ich ziehe eine Schnute. Ich zerdrücke eine Ameise, die sich auf meinen Arm gewagt hat. Ich starre den blöden Himmel an, der auch nicht besser ist als der bei uns, und dann drehe ich mich um und stecke meine Schnute in das Moos, das auf dem Baumstumpf wächst, weil ich nichts mehr mitkriegen will von alledem, mein Gesicht atmet Moos und ich möchte irgendwohin an einen Ort, wo ich hingehöre, wo die Leute genauso sind wie ich.

Tanja Dückers

Die Wüste Gobi

Als ich vorm Spiegel stehe, überlege ich lange, was ich anziehen soll. Es ist Hochsommer und auch abends noch sehr schwül. Als Steffen und ich vor einem Monat in der Bar Celona waren, hatte ich ein blaues Männerhemd und die weinrote Weste an und nachher hat er mich umarmt. Heute ziehe ich ein weißes Männerhemd und die weinrote Weste an, dazu eine abgewetzte Jeans.

Als ich vor Steffens Haus stehe, setze ich mich noch fünf Minuten auf die Stufen, um nicht überpünktlich zu sein. Endlich klingele ich, dann stapfe ich die Treppen hoch.

Steffen kommt mir schon entgegengelaufen, er ist so dünn, das hatte ich fast vergessen. Wir umarmen uns, mein Kopf an seinen Rippen. Als Nächstes stolpere ich über die Fußmatte. Kaum sind wir im Flur, fallen Steffen die Schlüssel aus der Hand und er robbt neben mir auf dem Boden herum, was auch nicht vorteilhafter aussieht.

Seine Mutter ist übers Wochenende zu einem Freund gefahren, Steffen hat richtig gute Laune. Wir reden gleich sehr viel, stehen dabei die ganze Zeit im Flur herum. Wie kommen wir jetzt mal in ein Zimmer?, überlege ich, aber dafür müsste ich unseren Redefluss unterbrechen und mir fällt bei jedem Stichwort sofort eine weitere Anekdote ein.

Zentimeterweise nähern wir uns der Küche. Steffen hat Forelle gekauft und fragt, ob ich mich von ihm bekochen lassen möchte.

Natürlich biete ich ihm meine Hilfe an und so stehen wir fünf Minuten später eifrig zum Zwiebelschneiden mit tränenden Augen vor weißen Brettchen.

Steffen hat sich die Schürze seiner Mutter umgebunden, ein mit Brandflecken versehenes Viech, auf dem Obst- und Gemüsebilder großflächig aufgedruckt sind. Von seiner Fünfziger-Jahre-Anzughose und dem schicken Jackett ist jetzt nicht mehr viel zu sehen. Er bietet mir auch eine Schürze an, aber ich verzichte.

Während wir weiterschnippeln, reden wir über Traumurlaubsziele und sind uns schnell über die Wüste Gobi einig. Barun Urta, sage ich nur. Das ist ein Wüstendorf, über das ich vor einer Weile einen Bericht im Fernsehen gesehen habe. Barun Urta habe ich auf einen roten DIN-A4-Bogen geschrieben und ihn unter mein Kopfkissen gelegt.

Ich glaube, Steffen und ich wären kein schlechtes Reiseteam. Er ist nämlich auch ein Wüstenliebhaber, er liebt die leere Weite und hat wenig Drang, unter Menschen zu gehen.

Jetzt bereitet er den Fisch zu; sieht richtig fachmännisch aus, wie er die Forelle mit Meerrettich-Sahne-Sauce einreibt und brät.

Plötzlich hält er abrupt inne. »Ich hab was vergessen!«, ruft er und stürmt aus der Küche. Eine Minute später erklingt »The Desert« von Magic Mind. Die Kassette muss er schon vorher rausgesucht haben, so schnell ging das.

Er schaut mich länger an, als er die Küche wieder betritt. Ich lächle kurz. Und blicke wieder auf die Forelle. Während er mit dem Fisch beschäftigt ist, mache ich einen Chicorée-Salat mit Zitrone.

Steffen deckt den Tisch. Weinrote Servietten, bauchige Gläser, er fördert eine Flasche Rotwein zu Tage. Kerzen gibt's auch. So hat mich ja noch nie jemand bewirtet ... obwohl ich doch schon in die neunte Klasse gehe.

Wir setzen uns, stoßen an. Ich sage Steffen ein Gedicht auf, das aus den Namen von fünfzehn asiatischen Flüssen besteht, ein Lautgedicht. Er lacht, dann denken wir uns gemeinsam noch ein Europa-Fluss-Gedicht aus. Das geht so:

Wandsbek Wandsbek
Kyll und Ahr
Ohm Lahn!
Shannon
Kennet
Blackwater Wey –
Vättern Vörtsjarv Vättern

Muhu väin Muhu väin
Elbe Inn Elbe – Vardar
Ebro Duero Arlanza
Trave Schlei Petit Morin

Ich habe das Gefühl, dass Steffen nicht ganz bei der Sache ist bei unserem Europa-Fluss-Gedicht. Ständig fragt er mich, wie mir das Essen schmeckt und ob ich noch ein Glas Wein möchte. Wenn ich Ja sage, gießt er es mir bis knapp unter den Rand voll. Mir ist schon ganz dösig.

Nach dem Essen stehen wir einen Moment unschlüssig vor den dreckigen Tellern. Wie schnell sich so ein mühevoll zubereitetes Mahl in einen bekleckerten Tisch mit zerknüllten Servietten, der glänzende Fisch in einen abstoßenden Grätenhaufen verwandelt hat ... ich bin schon ganz müde von dem Wein, ich kann keinen Gedanken mehr zu Ende denken, eigentlich wäre mir jetzt danach, nach Hause zu gehen.

»Hast du Lust, noch ein paar Platten zu hören?«

Irgendetwas in Steffens Blick macht es mir schwer, Nein zu sagen. Seine Augen ruhen so auf mir. Ich zucke die Schultern, sehe, wie Steffen bei dieser Geste zusammenzuckt.

»Okay«, sage ich gedehnt, »bin aber etwas müde vom Wein.«

»Na, wir können ja auch bald schlafen gehen.«

Ich nicke.

In Steffens Zimmer brennt schon eine Kerze. Eine

weinrote, wie sie auch auf dem Esstisch stand. Sein Zimmer sieht sonst sehr nüchtern aus: Schreibtisch, Ordner in Anthrazit, seiner Lieblingsfarbe. Sofa, Kissen, Bettzeug – alles anthrazit.

Steffen stellt jetzt eine neue Jazzplatte an; bei dieser angenehm gleichtönigen Musik sinkt mir das Kinn gleich auf die Brust. Ich reiße mich zusammen, erzähle irgendetwas über die Wüste Gobi und warum ich wirklich irgendwann da hinfahren will.

Steffen erzählt mir, dass die Sahara sich jedes Jahr um eine Fläche halb so groß wie Deutschland ausbreitet. Ich nicke müde. Das wusste ich auch. Hat er mir schon mal erzählt. Ich will aber in die Wüste Gobi, nicht in die Saharaaaa …

Ich bin eingeschlafen. Steffen rüttelt mich sanft wach.

»Mann, das tut mir so Leid, das hätte ich mir denken sollen, dass du nicht so trinkfest bist, Rotwein macht wirklich sehr müde, wenn man es nicht gewohnt ist, kann ich dir einen Kaffee machen … oder lieber Cappuccino?«

Ich schüttle den Kopf. Wir schweigen beide einige Minuten.

»Wollen wir schlafen gehen?«, fragt Steffen plötzlich in diese Stille hinein. Seine Stimme klingt unsicher.

Ich spüre, wie er auf eine Antwort wartet. Ich überlege. Eigentlich kann ich nicht sonderlich gut bei anderen Leuten schlafen. Ich blicke mich um. Vor dem

Ofen steht sein anthrazitfarbenes Bett, gegenüber die anthrazitfarbene Couch. Die Couch sieht groß und nicht unbequem aus. Auf den langen Nachhauseweg habe ich jetzt keine sonderliche Lust. Ich bin so müde, dass ich auf der Stelle wieder einnicken könnte.

»Hm, ja gut«, meine ich kurz.

Plötzlich wird Steffen ganz aufgeregt, bläst die Kerze aus und zündet sie wieder an, lüftet, dann schlägt er das Fenster heftig zu, sinniert ewig, welche Platte er auflegen soll, und entscheidet sich schließlich für das »Concert for Bangladesh« von George Harrison.

Ich hieve mich auf die Couch, baumle ein paarmal mit den Füßen, bis meine locker zugebundenen Turnschuhe einfach abfallen, dann starre ich an die Decke.

Ich denke an Laura und an Annie. Schon vor einem Jahr hat Laura mit einem Typ, den sie im Urlaub kennen lernte, Petting gemacht. Er wollte dann mit ihr schlafen, aber das war ihr »too much«. Doch ihre Petting-Erfahrungen hat sie mir im Detail beschrieben. Und geknutscht hat sie schon mit einigen Jungs. Annie und Christina nehmen beide die Pille, das weiß jeder. Bei Annie hängt sogar im Bad ein rosafarbenes Plexiglasschildchen: »Vergiss die Pille nicht!« – ein Geschenk von Christina.

Ich starre an die Wand. Im Hintergrund höre ich jetzt das Quietschen schwerer Schubladen. Steffen zieht mit aller Kraft an den Griffen einer riesigen Kommode, dem einzigen Holzmöbel in seinem Zimmer. Endlich gibt die Schublade nach, Steffen knallt auf den Hintern. Ich verkneife mir so eben noch ein Lachen.

Steffen ist wirklich das Gegenteil von sportlich; ich erinnere mich, wie wir Mädchen einmal am Hubertusplatz vorbeikamen, wo die Jungs gerade 1000-Meter-Lauf machen mussten. Steffen war der Vorletzte, eine halbe Bahn hinter dem Pulk der um die ersten Plätze Rangelnden. Er machte riesige, ausladende Schritte, seine anthrazitfarbene Jogginghose schlotterte ihm um die Beine, aber er kam nicht sonderlich gut voran.

Doch dann tat er etwas, was mich beeindruckte: Er blieb einfach stehen. Winkte Herrn Toller zu, tippte sich einmal ironisch-servil an die Stirn wie bei der Armee und stapfte aufatmend zu den Bänken. Während die andern sich weiter abstrampelten und gegenseitig beim Laufen zu behindern versuchten, was Herrn Toller nur mühselig mit Herumbrüllen zu unterbinden gelang, blinzelte Steffen in die Sonne und killte eine Tüte Gummibärchen.

Jetzt steht er mit einem Gewölk aus weißem Bettzeug vor mir.

»Willst du … hier auf dem Sofa schlafen?«

Ich zucke mit den Schultern. Steffen zuckt auch mit den Schultern. Ich nicke, Steffen nickt auch. Dann legt er mir das Bettzeug zu Füßen.

Und jetzt sollte ich mich ausziehen. Ich kriege einen Schreck. Ich habe gar kein T-Shirt unter dem Hemd an, es war sehr warm heute. Aber mit dem Hemd will ich auf keinen Fall schlafen, dann zerknittert es total und ich hasse Bügeln. Meine Mutter bügelt nie, aber ich will schließlich nicht so aussehen wie sie. Mir bleibt also nichts anderes übrig als mit nacktem Oberkörper zu schlafen.

Ich denke immer noch, dass Steffen und ich uns näher kommen sollten, weiß aber nicht, wie. Es einfach sein zu lassen kommt mir dumm vor, dann werde ich nie erwachsen. Schließlich drehe ich mich immerhin nicht mit dem Rücken, sondern im Profil zu Steffen, als ich mein Hemd ausziehe.

Ich beobachte ihn aus den Augenwinkeln. Eingeknäult liegt er im Bett, ich erkenne einen anthrazitfarbenen Schlafanzug. Nun schlüpfe ich aus meiner abgewetzten Jeans, überlege zu lange, ob ich sie ordentlich zusammenfalten soll, weil alles in Steffens Zimmer so aufgeräumt aussieht, oder ob ich die Hose lieber lässig am Boden liegen lasse. Am Ende lege ich die Hose betont unordentlich auf die Sofalehne. Dann falte ich das Laken auf, bevor ich mich unter die schwere Bettdecke lege.

Plötzlich springt Steffen wieder auf, wieselt zur Anlage, »The Desert« von Magic Mind erklingt noch einmal. White Saaaand ... Steffen liegt in seinem Bett und lauscht, ich liege auf der Couch und sauge die Musik sehnsüchtig auf. Die Kerze brennt langsam herunter, ich sehe weinrote dicke Tropfen wie Tränen auf den Halterrand rinnen.

Steffen fragt mich jetzt, ob ich schon mal ohne Eltern verreist bin. Und gleich reden wir wieder, ich fühle mich immer noch müde, aber so in der Horizontale halb dösen, halb reden fällt mir nicht schwer. Wir reden und reden. Zwischendurch gähnen wir beide lautstark, quasseln aber hartnäckig weiter.

Ich frage mich, wie Laura das angestellt hat, diesem Ingo auf Spiekeroog näher zu kommen. War er einer von den Dreisten, hat er im Gespräch ihre Hand genommen oder hat sie ihm eine Strähne aus dem Gesicht gestrichen? Mir jedenfalls schien in den vergangenen sechs Stunden keine solche Gelegenheit gekommen zu sein.

Irgendwann muss ich, gelöst durch den Wein, doch einfach eingeschlafen sein. Jedenfalls fahre ich erschrocken hoch, als ich Steffens Gesicht plötzlich über mir sehe. Er hockt neben der Couch auf dem Boden, ist aber so groß, dass er selbst in dieser Position noch meine Läuse zählen könnte. Schlaftrunken blicke ich ihn an, wahrscheinlich sehe ich verquollen, nicht verführerisch aus. Ob er jetzt wohl trotzdem mein Gesicht streicheln, meine Haare berühren wird?

Nichts passiert. Er sitzt nur da und guckt mich lieb an.

Ich grinse. Er grinst auch.

»Kannst du nicht schlafen?«, frage ich hirnrissigerweise.

Steffen schüttelt den Kopf.

»Nicht, wenn du hier liegst.«

Seine Stimme zittert leicht.

Ich nicke wieder. Weiß nicht, was ich sagen soll. Ich kann schlecht zustimmen, da ich ja nun mal eingeschlafen bin, und übergangslos an unser Wüstenthema von vorhin anzuknüpfen käme mir auch blöd vor.

Steffen starrt jetzt nicht mehr mich an, sondern seine Füße. Gänsehaut. Ich sollte irgendetwas sagen.

»Wollen wir noch mal ›The Desert‹ hören?«, frage ich schließlich.

»Ja!«

Steffen springt auf und läuft zur Anlage. Wieder erklingen Magic Mind.

»Stört es dich, wenn ich mich … neben dich lege?«

Steffen hat zu seinen Füßen gesprochen.

»Eh … eh«, mache ich. Soll Nein heißen.

Steffen schiebt sich jetzt neben mich auf die Couch, es ist für zwei Leute äußerst eng, seine Hüftknochen stoßen mir in die Seiten und die Schultern sind auf Höhe meiner Lippen. Seine Füße baumeln, glaube ich, im Freien. Ohne uns weiter zu rühren hören wir jetzt die Platte.

Ein paarmal muss ich mich anders legen, weil mir ein halbes Bein, ein Arm oder eine Hand eingeschlafen sind, auch Steffen ruckelt hin und her. Vom Bauch auf den Rücken und umgekehrt.

Mir kommt alles plötzlich so idiotisch vor, wie wir uns hier nebeneinander abquälen. Aber ich muss an Laura und Annie denken, wie sie an meinen Lippen hängen würden, wenn ich auf dem Schulhof von einer knisternden Nacht berichten könnte. Schon sehe ich mich auf dem Hof meinen Kakaotrunk in lässigem Bogen in einen Mülleimer werfen und schnauben: »Bin noch voll im Hormonrausch von gestern Nacht, hab Zuckerwatte in den Adern« – oder wie beschreibt man das dann?

Ich hebe meinen Arm, er fühlt sich bleischwer an, und – lege ihn auf Steffens Brust. Plumps. Zwei Sekunden passiert nichts, dann wälzt sich Steffen plötzlich auf die Seite, wobei er meine Hand unter sich begräbt, und umgreift mich.

Das fühlt sich so an, als ob einem ein knochiger Kleiderständer in die Arme fällt. Er hält mich total fest, nichts weiter passiert. So verharren wir eine Weile, bis auch diese Position äußerst unbequem wird.

Dann spüre ich etwas Nasses, Kaltes auf meiner Stirn. Das Etwas bewegt sich über meine Nase. Thorsten, den ich beim Fangenspielen auf dem Schulhof auf den Mund geküsst habe, hatte runde, weiche Lippen, eigentlich fand ich es schade, dass wir uns nur beim Fangen geküsst haben, aber dieser Mund hier ist schmal und kalt.

Jetzt ist dieser Mund auf meinem und unsere Münder verharren eine Weile in dieser Position. Dann rutscht er an meinen Hals, wo er hier und da saugt, was wehtut, und ich merke, da steckt Kraft in diesen kleinen, festen, kalten Lippen.

Jetzt wandert der Mund über meine Schultern, kriecht meine Brüste wie ein Bergsteiger hinauf. Und schnauft.

Ich liege einfach nur still da und beobachte, was dieser Mund so tut. Wie ein Insekt an einer Windschutzscheibe, das mal hier-, mal dahin springt. Der Mund zieht mit den Schneidezähnen an meinen Brustwarzen, die härter werden. Das scheint dem kleinen Mund zu gefallen, er rupft fester, bis ich »Au« schreie.

Plötzlich guckt Steffen mich wieder an. Mir war, als wäre er gar nicht mehr da gewesen, nur noch dieser Mund. Steffen lächelt etwas unsicher, aber warm. »Sorry, ich wollte dir nicht wehtun.«

»Schon gut.«

Ich glaube, Steffen ist mir sympathischer als dieser Mund. Kaum habe ich diesen Gedanken gefasst, verschwindet er schon und der Mund ergreift wieder Besitz von mir. Klettert herum, knabbert, leckt, beißt, ist mit sich und seinen Eindrücken beschäftigt.

Ich blicke derweil auf Steffens zitternde Füße am Ende der Couch. Die Gänsehaut auf ihnen. Kommt in Wellen. Klingt wieder ab und breitet sich erneut aus. Jetzt wandert der kleine kalte Mund weiter. Über meinen Bauchnabel. Den kann er nicht auslassen ohne einmal kurz, aber zu fest seine Zunge da reinzustecken. Neugieriger Mund. Gieriger Mund. Abenteuerfahrt. Eroberungstour. Wüstendurchquerer. Pionier. Lonely Wolf.

Jetzt sind da noch Hände. Lang, dünn und ebenfalls kalt gleiten sie über meinen Körper, während der Mund wieder am Bauchnabel herumzupft. Kalte Fingerkuppen auf den Brustwarzen, kühle Ballen über meinen Rücken, an meinem Po. Jetzt unter meinem Po. An meiner Scheide. Unruhig staksen sie herum, erkunden das Gelände, ziehen an den einzelnen Häutchen, als würden sie Stoffe aus einem Regal rupfen. Dann wandert ein ausgestreckter Zeigefinger in meine Scheide, wobei sein Nagel schmerzhaft in meine Haut stößt. Ich versuche mich wegzudrehen. Der Mund beißt immer fester in meine Brustwarzen. Steffen scheint mit der ausklingenden Musik verschwunden zu sein.

Mir bricht der Schweiß aus, still, klebrig und ängstlich sammelt er sich in meinen Handinnenflächen. Steffen hängt jetzt über mir, seine spitze Hüfte bohrt sich in meinen Bauch. Und etwas anderes, Hartes, Unnachgiebiges drängt an meinen Körper. Pioneer, Flagge hissen, Duftmarke hinterlassen, allein im neuen Land.

Plötzlich blickt Steffen auf und schaut mich lange an.

Ich gucke kurz zu ihm hoch, ziehe die Stirn in Falten. Da beginnt er mit einer Hand mein Gesicht zu streicheln.

»Jana, ich – bin – so – glücklich.«

Ich überlege. Weiß nicht, was ich sagen soll. Ich fühle mich gerade nicht so wohl, denke schon wieder, warum bin ich nicht einfach nach dem Essen gegangen?

Mir gefallen Steffens Haare nicht, blond und zu kurz geschnippelt, die weiße, talgige Kopfhaut darunter. Er riecht auch komisch, nach seinen Anzügen, wenn ich diesen Geruch beschreiben könnte, würde ich sagen: staubig.

Steffen blickt mich immer noch an. Unsicherheit breitet sich auf seinem Gesicht aus.

Ich sollte etwas sagen. Ich habe es fertig gebracht, meiner Mutter an den Kopf zu werfen, dass ihr Monolog über winterharte Balkonpflanzen eine akustische Beleidigung ist, aber Steffen klar zu machen, dass ich mich nicht mehr so wohl fühle wie vorhin, als ich ihm noch von den Lehmhütten in Barun Urta erzählte, schaffe ich nicht.

»Küss – mich«, flüstert Steffen. Spatzenstimme.

Ich blicke skeptisch auf die schmalen Lippchen über mir.

Augen zu und durch. Jetzt hängen unsere Münder wieder ewig aufeinander. Mir wird richtig langweilig. Da fängt Steffen an mit seiner Zunge über meinen Mund zu schlabbern, in die Mundwinkel zu lecken, dann steckt er sie in meinen Mund, scheint danach aber nicht mehr weiterzuwissen und lässt seine Zunge einfach eine Weile in meinem Mund liegen. Pausenbank. Parkplatz.

Plötzlich fängt er an wild herumzurühren, irgendwie geraten ein paar Essensreste aus seinem Mund in meinen und mich überkommt ein Würgereiz. Steffen bzw. die Zunge scheint von alledem wenig mitzubekommen, im Gegenteil, sie rührt, was das Zeug hält. Vor meinen Schneidezähnen und dahinter, über und unter meiner Zunge, einsamer Pionier. Steffen und ich latschen mit East-Pak-Rucksäcken irgendwo durch die Wüste Gobi, während unsere Münder hier Gymnastik treiben.

Ich schmiere den kalten Schweiß meiner Hände an das schwere Bettdeckengewölk, dann setze ich mich abrupt auf. Steffens Scharniere knacken und knirschen, er rappelt sich hoch – gezwungenermaßen.

Ich stehe auf, ziehe meine Unterhose zurecht, suche meine Klamotten auf dem Boden.

Dann fällt mir ein, dass ich die Jeans extra unordentlich auf die Lehne gelegt habe, da ist sie aber nicht mehr. Von Steffens Gänsehautfüßen runtergestrampelt.

»Soll ich dir helfen?«

Steffen blickt mich suchend und ein bisschen unglücklich an. Ich verspüre kein Mitleid. Die Kerze in ihrem warmroten Lichtschein kommt mir plötzlich absurd vor. Als hätte sie meine Gedanken gelesen, fängt sie sofort an bedrohlich zu flackern.

»Gott, sieht das hier aus!«, sagt Steffen in die Stille mit einem sichtlich zufriedenen Tonfall. Er deutet schmunzelnd auf meine überall verstreut liegenden Kleidungsstücke. Als hätte er mir die Sachen wild vom Leib gerissen.

Mir bleibt nichts anderes übrig als die Sachen, die »verkohlte Glut«, nacheinander einzusammeln und anzuziehen, wobei Steffen mir plötzlich schmachtende Blicke zuwirft.

»Janaa«, sagt er plötzlich, mit Betonung auf der letzten Silbe. Ich befreie einen Strumpf von anthrazitfarbenen Flusen.

Endlich stehe ich in der Tür, da ist Steffen schon wieder ein Häufchen Elend.

»Jana!« Steffen umfasst mich mit dünnen, gespreizten Fingern.

»Dräng mich jetzt nicht ... merkst du nicht, dass es mir nicht gut geht und ich Ruhe brauche?«

»Ja, natürlich, ich bin ein totaler Egoist, es tut mir so Leid! Soll ich dir ein Taxi rufen?«

»Ja, bitte.«

Steffen hastet zurück in den Flur, raschelt in einem Adressbuch, wählt.

»Kommt in fünf Minuten!«, ruft Steffen mir stolz über die Schulter zu.

»Okay, dann geh ich schon mal runter.«

Während ich die ersten Stufen nehme, kehrt langsam Energie in mich zurück.

»Warte doch! Ich begleite dich – ich lass dich doch nicht da draußen allein auf der Straße stehen!«

Auch das noch.

»Steffen, das ist nicht nötig, du musst dich jetzt nicht extra anziehen!«

Zu spät. Schon steht Steffen in grauem Rolli und

grauer Jeans vor mir. Dann fällt ihm ein, dass er noch auf Strümpfen ist.

Nachher verpasse ich mein Taxi wegen seiner Garderobe.

Endlich latschen wir die Treppe hinunter. Steffen legt von hinten eine Kralle auf meine kleine Schulter.

Unten steht das Taxi.

Ich reiße mich zusammen und gebe Steffen einen Kuss auf den Mund. Er saugt sich gleich wieder an mir fest, aber diesmal unterbinde ich das sofort, deute auf das Taxi. Und weg bin ich.

»Wo geht's denn hin, Fräulein, zu so später Stunde?«, fragt mich der Schnauzbart vor mir augenzwinkernd.

»Nach Barun Urta«, murmele ich leise.

»In die Schillerstraße«, sage ich laut.

Henriette Kuhrt

Oh Boy

Unter mir ein grauer Teppich. Diagonal gestreift, Metallkanten zwischen den Linien. Offenbar habe ich auf einer gigantischen Fußmatte geschlafen. Links neben mir ein Kasten mit einer Palme, rechts ein Mann ohne T-Shirt, zur Seite gedreht.

Regen prasselt gegen Glasscheiben, ich richte mich auf, dann kapiere ich: Ich habe in dem Vorraum einer Bank übernachtet, unter einem Geldautomaten. Ich weiß nicht, wo. Ich weiß nicht, mit wem. Ich merke nur: Mein Telefon ist weg. Oh Boy.

Das Wrack neben mir dreht sich um und ich kann sein Gesicht sehen. Immerhin, er ist sehr schön. Groß, scharfe Gesichtszüge, glänzende Haare. Und wer von uns beiden auch immer die Idee hatte, vor einem Geldautomaten zu campieren, hatte damit Recht gehabt. Denn es ist trocken und warm und, das fällt mir erst jetzt auf, sogar sicher. Eine kleine Kamera hat über unseren Schlaf gewacht.

»Barockklassik«, sagt er ohne die Augen zu öffnen, »das spielen sie, um Junkies loszuwerden.« In der Tat, das üble Flötengerinnsel ist mir vorher noch gar nicht aufgefallen.

Wir verlassen die Bank, draußen springt das Hamburger Wetter wie ein nasser Hund an uns hoch. Wir haben übrigens bei der Vereinsbank genächtigt: Leben Sie, wir kümmern uns um die Details. Super, danke. Und das nächste Mal bitte ohne klassischen Barock.

Wir laufen über den Kiez und er kickt eine Dose vor sich her. Er geht vor mir, die Hände in den Taschen, die Schultern hochgezogen, lange Schritte. Ich trotte hinterher, mit verschränkten Armen raffe ich meine Cordjacke so eng wie möglich um meine Taille und ziehe den Kopf ein.

»Frühstück?«, fragt er und bleibt stehen, bis ich mit ihm auf einer Höhe bin.

»Ist gut«, sage ich. Er ist älter als ich, bestimmt sechs, sieben Jahre.

»Und wie heißt du?«, fragt er, als wir die Treppen zur U-Bahn hinuntergehen. Er riecht nach Bier und Rauch. Aber vielleicht bin auch ich das.

»Tessa«, antworte ich.

»Und wie alt bist du?«

»Sechzehn.«

Er verdreht die Augen und schüttelt den Kopf und wir fahren bis zur Sternschanze.

Er hat ein gutes Café ausgesucht, mit Holztischen, hohen Fenstern, einem Haufen Zeitschriften und ohne Musik. Wir sitzen uns gegenüber und ich kann sehen, wie er nervös mit Zeigefinger und Daumen an seinem

Gesicht rumnippelt. Er hat braune Augen und eine schmale Nase mit einem kleinen Knick über dem Nasensattel, einige Leberflecke und angehende Geheimratsecken.

Ich gehe aufs Klo und überprüfe, wo meine Wimperntusche über Nacht hin ist. Wenn er so groß und schön ist, dann will ich nicht klein und hässlich daneben sitzen. In meiner Jackentasche finde ich eine Puderdose, bröselig und alt. Den Puder wische ich mir ins Gesicht, um die Nase und unter die Augen. Das muss reichen.

Abgesehen von etwas funzeligen dunkelblonden Haaren habe ich beim Gen-Lotto Glück gehabt. Schmale Nase, gerade Zähne, große blaugraue Augen mit anständigen Wimpern. Busen, lange Beine, nur um die Taille habe ich einen Speckring, der noch irgendwie wegmuss. Mein Teint macht mein Kettenrauchen klaglos mit und selbst nach einer Nacht vorm Geldautomaten sehe ich aus, als wäre ich gerade eine Stunde aufm Deich spazieren gegangen. So gesehen kann ich mich vollends auf mich verlassen.

Endlich erfahre ich auch seinen Namen. Malte. Malte hat mir bereits einen Milchkaffee bestellt, und was gestern Nacht los war, wissen wir beide nicht so genau. Wir haben uns im Zoëys getroffen, so viel ist klar. Ich saß mit Lauri auf einem schmutzigen Sofa, wir haben uns die Typen angeguckt und Bier aus Flaschen getrunken. Lauri und ich, wir sind in einer Klasse. Erst bin ich sitzen geblieben und am Anfang der Neunten folgte sie.

Lauris größtes Interesse gilt den Männern, und da sie etwas pummelig ist, aber mit ihren blonden Locken aussieht wie ein Putto, sind wir ein *match made in heaven*.

Malte hatte einen Freund dabei, einen Südamerikaner mit unaussprechlichem Namen und ohne Deutschkenntnisse. Aber das machte nichts, denn er guckte auf Esperanto in Lauris kugeligen Ausschnitt und damit war die Sache gelaufen.

Nachdem die beiden abgehauen waren, waren Malte und ich im Zoëys übrig geblieben. Und da ich jeden Barkeeper auf meiner Seite habe, habe ich uns einen Drink nach dem andern geschnorrt und kam mir äußerst professionell dabei vor.

Wir sind dann zusammen raus, die Clemens-Schultz-Straße entlang, in eine andere Bar, und wieder war ich für die Getränke zuständig. Ich weiß nicht, wo ich gestern Nacht mein Gedächtnis verloren habe, irgendwo zwischen Rosis Bar und jener Vereinsbank muss es noch auf der regenglänzenden Straße liegen. Möglicherweise bietet auch die Sicherheitskamera in der Vereinsbank genügend Filmmaterial, um das Verhältnis zwischen Malte und mir genauer zu klären.

»Und du gehst noch zur Schule?«, fragt Malte und hört für einen kleinen Moment auf sich im Gesicht herumzufummeln.

»Ja«, antworte ich, »neunte Klasse.« Er legt seine Stirn in Querfalten und schaut mich skeptisch an.

»Du siehst aber älter aus«, sagt er.

Gut, denke ich, daran habe ich auch lange gearbeitet.

»Und was machst du?«, frage ich.

»Ich studiere Medizin«, sagt er. »Aber nicht in Hamburg. In Göttingen. Ich bin nur übers Wochenende hier.«

»Und wie alt bist du?«

»Sechsundzwanzig.«

Sechs. Und. Zwanzig. Jahre. Medizin. Student.

Ein Schluck Kaffee bringt mich wieder in mein Gleichgewicht zurück.

»Und deine Eltern?«, fragt Malte. »Machen die sich denn gar keine Sorgen, wenn du nachts nicht nach Hause kommst?«

»Natürlich«, antworte ich. »Aber dieses Wochenende sind sie nicht da und haben meine Schwester und mich zu Hause gelassen.«

»Ach so«, sagt er und wühlt in seinem Portemonnaie herum auf der Suche nach Kleingeld. »Sind sie verreist?«

»Ja«, sage ich, »sie haben ihr zwanzigjähriges Hochzeitsjubiläum und sind darum nach Paris gefahren.«

Das stimmt leider nicht mit der Wahrheit überein. Die ist: Meiner Mutter wurde gerade die Brust entfernt und jetzt ist sie in einem Reha-Zentrum in Niedersachsen. Es war ihr zweiter Tumor, den ersten hatte sie im Magen gehabt. Mein Vater ist dieses Wochenende bei ihr, nächstes fahren meine Schwester und ich.

Letztes Jahr wäre sie beinahe gestorben. Ich hatte versucht mit Lauri darüber zu sprechen, aber schon nach dem ersten Satz wussten wir beide nicht mehr weiter.

Lauri saß neben mir auf der Schultreppe, riss die Augen auf und legte ihre kurzen Arme um meinen Hals.

Ich wollte nicht weinen, und wenn es etwas gibt, was ich im Griff habe, dann ist es das Losheulen. Ich bin wie zugekorkt, aus mir kommt nichts raus.

Trotzdem möchte ich Malte nichts davon erzählen. Er studiert Medizin, er wird nachfragen. Welcher Tumor, wo, maligne oder nicht, welche Behandlung, wo liegt sie denn, welcher Arzt. Es geht ihn nichts an und ich möchte ihm lieber zulächeln als mit ihm medizinische Fachinformationen und Mitleid austauschen.

Seine Jeansjacke klingelt, Lauri ist am Telefon: »Ist Tessa bei dir?«

»Für dich«, sagt er und greift nach einer rascheligen Tageszeitung.

»Hallo, Tess«, sagt Lauri und ich sehe Malte hinter einer Zeitung verschwinden. Wichtigtuerisch verschanzt er sich hinter dem Kulturteil. »Ich wusste doch, dass ich dich so erreichen kann. Der Südamerikaner war echt … na ja, egal, erzähl ich dir später.

Frag doch bitte mal Malte, wie lange er noch in Hamburg ist, ich bin schließlich nicht die Gipsy Kings und spreche Spanisch. Er ist jetzt grad gegangen … nein, ich weiß nicht, wohin … heute Abend ist eine Party bei Robby, ich schick dir mal 'ne Nachricht … ach Scheiße, ich hab dein Handy ja eingesteckt, irgendwie, gestern Nacht.«

Zu Lauri muss man sagen: Ihre Eltern haben eine Menge Geld und können sie nicht leiden. Deshalb haben sie versucht Lauri in ein Internat einzuweisen. Und nachdem sie ein Jahr ihres Lebens darauf verwendet hatte, dort wieder hinauszufliegen, wurden ihr eine Einzimmerwohnung und ein Kreditkartenkonto eingerichtet. Seither nimmt sie jeden Typen mit, der ihr gefällt. Ich wette, als Kind hat sie auch streunende Hunde eingesammelt; wer einsam durch nächtliche Straßen und Bars geht, hat gute Chancen.

Ich möchte auf jeden Fall nicht mit ihr Kaffee trinken gehen, sondern dafür sorgen, dass Malte sich ein kleines bisschen in mich verliebt. Das hatte ich mir gerade vorgenommen, als ich seinen Haaransatz hinter der Zeitung verschwinden sah. Man soll sich ja immer Ziele setzen, hat die Schulpsychologin zu mir gesagt, und auf dem Weg dorthin abchecken, wo man sich befindet. Dabei sollte man sich immer an seinem Ausgangspunkt und nie an den andern messen. Wahrscheinlich hat sie das gesagt, um meine Willensbildung zu fördern. Und auch wenn sie etwas andere Ziele im Blick hatte als ich: Meine Aufgabe für heute ist, Malte im Lauf des Tages dazu zu bringen, auch noch einen Abend mit mir dranhängen zu wollen.

»Tut dein Körper auch so wahnsinnig weh von letzter Nacht?«, sage ich und setze mich in Positur. Dabei halte ich die Finger an die Stirn und den Ellenbogen in die Luft, damit sein Blick auf meinen Oberkörper fällt.

»Ja«, sagt er und faltet seine Zeitung zusammen. Sein Telefon klingelt schon wieder, doch als er die Nummer auf dem Display sieht, drückt er den Ton aus und steckt es in seine Tasche zurück.

»Deine Freundin?«

»Ja«, sagt er und es wird mir ein wenig kalt im Magen. »Nein. Ich meine – ich weiß es im Moment einfach nicht.«

Schon besser, denke ich, obwohl ich mit der auch noch fertig geworden wäre.

»Ich wette, sie ist blond und studiert Tiermedizin«, schlage ich vor. »Sie hat bestimmt einen Namen mit zwei ›A‹s oder einem ›A‹ und einem ›I‹. Und einen Pferdeschwanz mit einem Heidi-Klum-Pony. Eigentlich wolltet ihr zusammenziehen, aber jetzt überlegst du, wie du da wieder rauskommen sollst. Obwohl deine Familie sagt, dass sie reizend ist: Dir ist das einfach zu früh.«

Malte reagiert nicht. Stattdessen: »Und selbst? Hast du einen Freund?«

»Ja«, sage ich, »aber er wohnt nicht in Hamburg. Er studiert Jura in Heidelberg. Er ist bald fertig, dann kommt er hierher zurück.«

»Und der sagt nichts, wenn du die Nacht mit einem fremden Mann vor einem Geldautomaten verbringst?«

»Was sagt denn deine Freundin dazu?«, antworte ich und er zuckt ratlos mit den Schultern.

Malte bringt mich noch bis zur Haustür, es ist diesig und grau. Ein wenig Herbstlaub liegt schon auf der Straße und aus den Gullys kommt Malzgeruch. Ich gehe die Treppen zur Haustür hinauf und warte darauf, dass er mich nach meiner Telefonnummer fragt. Tut er aber nicht, stattdessen steckt er sich eine Zigarette an, vielleicht um noch ein wenig Zeit zu schinden. Der Wind zerrt an seinen Haaren, er kneift die Augen zusammen und glotzt mich an, von oben bis unten, so als wolle er noch einmal abchecken, ob die Investition sich lohnt.

Dann, endlich, endlich, Ewigkeiten und eine Zigarettenlänge später, schmeißt er den aufgerauchten Stummel weg, verreibt ihn mit der Schuhspitze auf dem Boden und lächelt mir zu.

»Kann ich deine Nummer haben?«, fragt er.

»Ja«, sage ich. »Sicher.«

Er zieht einen Stift hervor, wühlt in seinen Taschen nach einem Zettel, doch einzig ein verknüddeltes Taschentuch findet sich.

Angesteckt von seinem In-den-Taschen-Gewühle klopfe ich auch meine Jacke ab und fische eine Supermarktrechnung heraus.

Er reicht mir den Stift und ich kritzle meinen Namen und meine Nummer drauf, dann drücke ich ihm den Zettel in die Hand. Ohne mir einen Abschiedskuss zu geben dreht er sich um, winkt mir kurz zu und geht. Aber das macht nichts, denn mit meinem hochinfektiösen Charme habe ich ihn bereits angesteckt. Ich frage mich nur, wie lange die Inkubationszeit dauern wird und wann er anruft. Dann gehe ich die Treppen hoch, in den dritten Stock.

Der Montagmorgen beginnt mit einem Klassiker: verschlafen. Ich spüle den Morgen mit einem Glas Wasser hinunter, ziehe die Klamotten vom Vortag an, schmeiße ein paar Hefte in meine Schultasche. Auf dem Weg zum Bahnhof putze ich mir mit einem Kaugummi die Zähne und renne wie eine Irre, nur um die Bahn doch zu verpassen und zehn Minuten auf die nächste warten zu müssen. Das ist mein Leben: verschlafen, verpassen, zehn Minuten warten. Zu spät. Ich kaufe mir eine »Morgenpost« und setze mich damit auf die Drahtstühle des Hamburger Verkehrsverbundes. Ein Penner kommt auf mich zugewankt und fragt mich nach einem Euro, und weil ich zufällig einen bei mir habe, drücke ich ihm die Münze in seine raue, rissige Hand.

In der Pausenhalle sitzt Lauri auf der Raucherheizung und hasst. Das kann ich schon von weitem daran erkennen, wie sie mit hochgezogenen Schultern ihren Oberkörper umarmt und die Schüler anstarrt, die durch die Gänge laufen. Neben ihr hockt Katja, ganz in Schwarz wie immer. Das tut sie, um ihre Weltverachtung auszudrücken: immer nur schwarze Sachen anziehen. Die Wimpern schwarz getuscht und darunter einen Kajalstrich, der sich gewaschen hat, bestimmt drei Millimeter dick. Lauri hat mir mal erzählt, dass Katja sehr kurzsichtig sei und deshalb ganz nah an den Spiegel heranmüsse, um sich zu schminken. So nah, dass sie fast mit der Nase draufstoßen würde. Und dass man bei einer Distanz von drei Zentimetern nicht mehr beurteilen könne, was wenig und was viel Schminke ist.

Und von weitem, meinte Lauri, würde sie ihn eben gerade richtig sehen können. Wir schätzen, dass Katja zwei bis drei Dioptrien hat, und sie würde sich eher umbringen als eine Brille zu tragen. Sie lege keinen Wert darauf, hat sie mal gesagt, sich im Spiegel genauer zu sehen, mit Augenrändern, Mitessern und Falten, die gekommen sind, bevor die Pickel gegangen sind. Sie bevorzuge sich weich gezeichnet, hatte Katja erklärt, gewissermaßen als impressionistisches Gemälde.

Was Katja und Lauri vereint, ist ihre immer währende Suche nach Männern. Da stehen die beiden in einem Konkurrenzverhältnis und Katja würde den Teufel tun und mit einer Brille ihren Vorsprung ruinieren. Denn Lauri gegenüber hat sie den Vorteil, groß und schlank zu sein, so schlank, dass ihre Jeans mit Hilfe eines zusammengezurrten Gürtels an den Hüften festgehalten werden muss. Da hat sie auch lange drauf hingearbeitet, Katja kennt den Kaloriengehalt jedes Lebensmittels. Wann immer Lauri Kinderriegel in sich hineinsteckt, zieht Katja den Bauch ein und fragt noch einmal nach, ob sie in der schwarzen Jeans nicht ein wenig zu fett aussehe. Oder ob sie auf Fotos dicke Oberarme habe. Neulich hat Katja die arme Lauri gefragt, ob sie fettige Augenbrauen hätte, nur um des Wortes »fettig« willen. Mich lässt sie in Ruhe, aber auch nur, weil sie weiß, dass ich bei Männern besser ankomme als sie. Dafür habe ich ihre ewige Bewunderung.

»Mathe ist ausgefallen«, sagt Katja und Lauri lächelt mir zur Begrüßung kurz zu. Sie sieht ein wenig fertig aus, wahrscheinlich hat José-Dingsbums nicht angerufen und jetzt braucht sie all ihre Energie, um vor Katja so zu tun, als wäre das Teil des Plans.

»Wie war das Wochenende?«, fragt Katja und schaut Lauri und mich erwartungsvoll an. Ich zünde mir erst einmal eine Zigarette an und antworte nicht.

»Hier ist ja echt nichts los«, sage ich dann und schaue mich in der Pausenhalle um. Alle sind im Unterricht, das schwarze Brett gammelt vor sich hin, sogar der Hausmeister ist noch nicht in seinem Kabuff. »Gar nichts«, wiederhole ich. »Da hätte ich echt im Bett bleiben können.«

»Ich auch«, piepst Lauri, »da wäre bei mir auch mehr los gewesen.«

Ich muss lachen, weil ich genau weiß, dass sie das nur gesagt hat, um Katja zu ärgern.

Der fallen auch schon die Augen aus dem Kopf, sie will mehr wissen und ich muss mir die ganze José-Geschichte noch einmal aus der ersten Person anhören.

Maltes Anruf lässt auf sich warten. Montag ruft er nicht an, Dienstag nicht, Mittwoch auch nicht. Lauri hat mir zwar gleich mein Handy zurückgegeben, aber was nützt das, solange er nicht in die Gänge kommt. Ich lasse es angeschaltet neben meinem Bett liegen und ruiniere meinen Schlaf in einem elektromagnetischen Feld, im Unterricht schalte ich es auf Vibrationsalarm, im Kino vergesse ich es und mache mich unbeliebt, als es inmitten eines dramaturgischen Höhepunkts klingelt.

Donnerstag hat er sich immer noch nicht gemeldet und ich beginne langsam an mir zu zweifeln. Vielleicht bin ich doch nicht so unwiderstehlich, wie ich gedacht hatte? Spiele ich jetzt in der gleichen Liga wie Lauri und Katja, bei denen immer irgendetwas schief geht? Oder ist Malte komplizierter als andere Männer? Könnte jemand sich um diese Details in meinem Leben kümmern?

Als ich am Donnerstag aus der Schule komme, sitzt mein Vater auf dem Sofa und weint. Wir haben den Umzug noch nicht völlig hinter uns gebracht und so stehen noch ein paar unausgepackte Kisten in der Gegend herum. In seiner Hand hält er ein Bild von meiner Mutter und sich aus der Zeit, in der sie sich gerade kennen gelernt hatten. Schön war sie damals, jung und lachend mit den großen blaugrauen Augen, mit denen jetzt meine Schwester Resa und ich herumlaufen. Sie strahlt so voller Kraft in die Kamera, dass man kaum glauben mag, sie sei die Vorgängerin dieser matten, kranken Frau, die jetzt mit zwölf Kilo Untergewicht und einer Echthaar-Perücke in einem Reha-Zentrum liegt.

Neben meinem Vater sitzt Resa und streichelt ihm den Rücken. Sie hat den Mund zusammengekniffen und auf ihrer Stirn hat sich eine steile Falte gebildet. Resa sucht nach Worten und wühlt mit ihrer Hand in einem Taschentuch herum. Sie weiß nicht, was sie sagen soll, und so setze ich mich zu unserem Vater auf die Sofalehne und nehme ihm das Bild sanft aus der Hand.

Ich verbreite Hoffnung mit einer Stimme, die auch gut zu einem Wetterbericht passen würde. Ich bin sehr ruhig, im Gegensatz zu Resa und meinem Vater muss ich auch nicht mit den Tränen kämpfen. Der Arm meines Vaters zittert unter meiner Hand, Resa hat sich jetzt an seine Schultern gehängt und so bleiben wir für einen Moment sitzen, der eine Ewigkeit lang ist.

Sonntag hat er sich immer noch nicht gemeldet. Es ist eine Unverschämtheit. Lauri schwebt im südamerikanischen Liebesrausch und ich sitze zu Hause, kaue an meinem Kugelschreiber und komme keinen Schritt voran. Vielleicht sollte ich eine Diät machen, nur so.

Katja hat mir verraten, dass man nicht zunehmen würde, wenn man nur im Stehen äße. Also kaufe ich mir am Bahnhof fünf Kinderriegel und esse vier im Stehen. Den fünften lege ich Resa auf den Schreibtisch.

Ich muss fast zwei Wochen warten, bis sich was tut. Mein Telefon klingelt zwar noch immer nicht, doch ich bekomme Post von der Bank. Meine Auszüge, sehr aufregend. Und dann sehe ich: eine Nachricht von Malte. Er hat mir einen Euro überwiesen, schon vor über einer Woche. Darunter, als Verwendungszweck, steht:

```
07.03.04      MALTE LOHMEIER      1,0+

WENN ICH FÜR JEDEN GEDANKEN
AN DICH 1 € ZAHLEN MÜSSTE,
WÄR ICH ARM. M.
```

Ich halte den Bogen in der Hand und kann meinen Augen kaum trauen. Wo hat er zum Teufel bloß meine Bankverbindung her? Antwort: Ich habe ihm meine Telefonnummer auf eine Rechnung geschrieben, die ich mit meiner Karte bezahlt hatte.

Lauri lacht, als ich sie anrufe. »Der spinnt doch«, sagt sie. »Aber jetzt hast du wenigstens seinen vollständigen Namen«, fährt sie fort und da sieht man, wie viel ihre Knutsch-Routine wert ist: »Schau doch im Internet nach, ob du was über ihn findest.«

Bei Google ergibt sich Folgendes: Malte Lohmeier

ist in der Göttinger Medizinerfachschaft vertreten. Er spielt Saxofon in einer Brassband. Er hat für die Studenten in seinem Anatomie-Kurs eine Reise nach Budapest organisiert. Ein Bericht von ihm über ein Praktikum in Bolivien. 30 Geburten am Tag. Und er ist betrunken auf einer Party gewesen, im Arm hält er ein Mädchen, vielleicht aus dem Anatomie-Kurs.

»Und jetzt?«, frage ich Lauri.

»Und jetzt, und jetzt!«, sagt sie und seufzt theatralisch. »Jetzt rufst du ganz old-school bei der Auskunft an und lässt dir seine Nummer geben. Ich muss dir doch nicht alles vorblasen.« Dann legt sie auf, weil sie nach Südamerika muss, und lässt mich mit diesem Informationsmüll vor meinem Computer zurück.

Leider ist bei Malte nur der Anrufbeantworter zu Hause, er fordert mich auf, eine Nachricht zu hinterlassen.

»Hallo, Malte«, sage ich ganz langsam, damit ich mich nicht verspreche. »Hier spricht Tessa ... ich wollte mich für den Euro bedanken ... du kannst dich ja melden, wenn du Lust hast ... Ciao.«

Auf dem Hin- und Rückweg von der Schule komme ich bei meiner Bank vorbei. Das heißt, dass ich zwei mal am Tag meine Kontoauszüge abhole. Morgens und nachmittags, so lange, bis Lauri mich darüber aufklärt, dass Geld nur einmal pro Tag auf Konten überwiesen wird. Trotzdem warte ich doppelt: auf einen Anruf und auf eine Botschaft auf meinen Auszügen.

Es macht mich wahnsinnig und ich werde immer wahnsinniger, weil ich mich in Vorstellungen von seinem Leben verliere. So lange, bis er sich endlich meldet, nach zwei Wochen.

21.03.04 MALTE LOHMEIER 1,0+

PARTY IN GÖ. WENN DU AM FR. UM
18:04 IN HH-ALTONA IM ZUG SITZT,
BIN ICH DA.

Wieder rufe ich Lauri an, weil ich nicht weiß, was ich mit diesem sonderbaren Knaben machen soll.

»Soll ich hinfahren?«, frage ich sie. »Vielleicht ist er ein irrer Messermörder.«

»Glaube ich nicht«, sagt sie. »Sonst würde er sich nicht um dreißig Geburten am Tag kümmern.« Also fahre ich zu ihm nach Göttingen. War ja klar, sagt die Ordensschwester in mir, renn doch ruhig einem Fremden hinterher. Einem irren Messermörder.

Halt die Schnauze, antwortet ihr der Rest meines inneren Ichs, ich kann wohl machen, was ich will. Und er ist ein wunderschöner Medizinstudent.

Meinem Vater sage ich, ich würde mit Lauri ins Ferienhaus ihrer Eltern fahren. Ihm fehlt die Kraft, sich für mich zu interessieren, und er fragt nicht nach. Ich gebe Resa eine lange Liste mit Instruktionen, falls er nicht durchhält.

Fernseher aus ist die erste. Licht und Musik an die

zweite. Alkohol ja, aber nicht zu viel. Die Tabletten liegen in der Porzellandose auf seinem Nachttisch. Ich koche den beiden noch ein Thai-Curry und stelle es in den Kühlschrank, damit sie am Wochenende etwas zu essen haben. Zum Abschied erzähle ich ihr, wo's hingeht, und sie nickt mir aufmunternd zu. Ich kriege das schon hin, sagt ihr Lächeln und für einen Moment glaube ich ihr das auch.

Als der ICE einfährt, kann ich Malte schon auf dem Bahnsteig sehen. Und wieder berührt er mich nicht, als ich vor ihm stehe. Die Hände in die Taschen seines Parkas gesteckt grinst er mich schief an und kommt erst nach ein paar Schritten auf die Idee, mir die Tasche abzunehmen.

Abends gehen Malte und ich auf eine Party; ein Freund von ihm muss aus einem Haus ausziehen, das danach abgerissen wird. Eine Abriss-Party entspricht genau meiner Verfassung, und da Malte immer noch nichts mit mir anzufangen weiß, beschließe ich mich ohne ihn zu amüsieren. Die vier Zimmer sind vollkommen leer geräumt, nur ein paar verpilzte Sessel und einige umgedrehte Bierkisten stehen noch im roten Licht der nackten Glühbirnen herum. Irgendein Scherzkeks hat einen Bohrer mitgebracht und versucht den Namen seiner Freundin in die Wand zu dübeln. Leider ist Lauri nicht da, dann würde das Alleinsein nicht so auffallen. Malte und ich stehen dort, an die Wand gelehnt, trinken Bier und schauen uns nicht an. Die Musik bebt durch meinen Magen hindurch, ich atme den schweren Partyschweiß ein und sehe einem Mädchen beim Tanzen zu. Die Tanzfläche ist vollkommen überfüllt, um sie herum werfen sich Arme und Beine und Hälse in die Musik, doch das Mädchen steht dort, mit geschlossenen Augen tritt sie langsam von einem Fuß auf den andern, so als würde sie den Rhythmus der anderen weder sehen noch fühlen. Sie hat den Kopf in den Nacken gelegt und trägt einen Cowboyhut und ihre blonden Haare glänzen in der roten Nachtbeleuchtung.

Malte berührt meine Hand, ganz sanft und schüchtern, so als wären seine Finger nur zufällig an meinen entlanggestrichen. Jede Nervenzelle meines Körpers horcht aufmerksam in meinen kleinen Finger hinein und wartet auf weitere Signale von Maltes Seite. Doch da taucht ein Freund auf, Pierre, der redet und redet, und ich betrachte seine kleinen Schweißpickelchen auf Stirn und Nasenflügeln, während ich ihn zum Teufel wünsche.

»Was ist eigentlich mit deinem Freund?«, flüstert Malte mir in den Nacken, als Schwafelpierre endlich weg ist. »Der in Heidelberg studiert.«

Ach, denke ich, der Freund in Heidelberg. Den hatte ich schon fast vergessen, der war nämlich erfunden. »Weißt du«, sage ich, »das ist ziemlich passiert. Deutete sich schon länger an und da haben wir Schluss gemacht.«

»Ach so«, sagt Malte und ich hoffe in seinem Gesicht so etwas wie Erleichterung zu finden.

»Willst du was trinken?«, fragt er stattdessen. »Ja«, antworte ich, und da er mich hinter sich herwinkt, folge ich ihm durch die verwinkelte Wohnung. Vor der ehemaligen Küchentür steht ein Tisch, über den hinweg ein paar Studenten ausschenken. Er klebt wie die Hölle und in dem Gewirr aus studentischen Wollpullis dauert es eine Weile, bis wir dran sind.

»Gefällt es dir?«, fragt Malte und wieder fährt er sich nervös durch die Haare.

»Ja«, antworte ich, »es ist ganz toll.«

»Sollen wir gehen?«

»Ja.«

Er nimmt meine Hand und lenkt mich durch das Gewirr aus der Party heraus, durch die schwarzen Straßen in seine Wohnung. Es ist saukalt, und als Malte im Bad ist, klettere ich auf sein Hochbett und reibe meine Füße aneinander, um sie wieder aufzutauen. Stattdessen wird lediglich das Bettlaken kalt, auf dem meine Füße so verzweifelt schuppern. Malte kommt wieder, schwingt sich auf die knarrende Leiter und taucht zu mir unter die Decke. Aber: Er bleibt auf Distanz. Zwar hat er sich zu mir hingedreht, streichelt meine Hand und starrt auf einen Punkt zwischen meiner Nase und meinen Augen. Ich rücke ein wenig an ihn heran, nähere mich seinen Lippen und mein Mund berührt seinen. Ich drücke seine Lippen ein wenig auseinander, doch noch immer liegt er da wie ein toter Fisch.

Ich atme mit meiner Nase an seinem Hals entlang,

küsse seinen Nacken und rieche seinen Körper. Ich presse meinen Busen an seine Brust und reibe meine Beine zwischen seinen. Ich liege halb auf ihm, lege seine Hände auf meine Hüften. Es ist lächerlich, denn nichts passiert. Nichts, nada, rien. Absolutely nothing.

»Ich kann nicht«, sagt er leise und knipst das Licht aus. »Im Moment ist so vieles bei mir noch so kompliziert.« Sanft schiebt er mich von seinem Körper herunter, dann nimmt er wieder meine Hand. »Wir müssen noch warten. Es tut mir Leid.«

Mein Gott, wer ist denn hier das Mädchen von uns beiden, schreie ich. Nur innerlich natürlich. »Macht doch nichts«, presse ich heraus, »deshalb bin ich ja auch nicht gekommen.«

»Ich weiß«, sagt Malte und legt seine Hand auf meine Taille. »Ich möchte nicht einfach so mit dir schlafen, ich will mir sicher sein, dass es dir auch ernst ist.«

»Schon gut«, sage ich.

Ich frage mich, wie Lauri gucken wird, wenn ich ihr das erzähle.

»Ich hatte Angst, es würde dich verletzen.«

»Ach Quatsch«, sage ich, die Stimme voller Zuversicht.

»Es ist auch nicht so, dass ich dich nicht attraktiv finde«, fährt er fort, »im Gegenteil.«

Im Dunkeln starre ich an die Wand und frage mich, wie lange dieses Gespräch noch weitergeführt werden muss. Oh Boy.

»Nein«, sage ich, »ist schon gut. Eigentlich habe ich gar keine Lust auf Sex.«

Daraufhin zieht er mich an seine Schulter, und während er sich ganz dem Einschlafen hingibt, starre ich an die Decke und explodiere gleich vor Wut.

Mitten in der Nacht ändert Malte seine Meinung. Ich bin zwar mittlerweile eingeschlafen, aber als ich von seiner Hand auf dem Bauch wach werde, ziehe ich die Sache durch, allein aus Prinzip. Verliebt fühle ich mich nicht besonders, eher verschlafen.

Am nächsten Morgen ist Malte weg. Ganz richtig, ich wache auf, liege allein im Bett und aus seiner Wohnung ist kein Pieps zu hören. Das Kissen neben mir ist noch zerdrückt vom Schlaf der letzten Nacht, aber außer diesem Abdruck und einer zerknitterten Decke hat Malte nichts hinterlassen. Ich bin nicht in der Stimmung, um diesen Moment von der positiven Warte aus zu betrachten. Vielleicht holt er Brötchen. Wahrscheinlich ist er eher abgehauen, um mich nie wiederzusehen. Vielleicht ist er kurz raus zum Joggen. Oder er sitzt bei seinem besten Freund am Frühstückstisch und wartet darauf, dass die Kleine aus dem Haus ist, bis er wiederkommt.

Doch Malte kommt wieder, gerade als ich mich dazu durchgerungen habe, zurück nach Hamburg zu fahren. Unter dem Arm hält er eine Zeitung, in der Hand hält er eine Plastiktüte, aus der ein Tankstellen-Baguette ragt.

»Ach«, sagt er und stellt die Einkäufe auf seinem

Küchentisch ab. »Ich dachte, du würdest noch schlafen. Ich wollte dich mit einem Frühstück überraschen und nun musstest du hier allein warten.«

Und dann dreht er sich in der Küche umher, er macht Rührei und Kaffee, er schäumt Milch auf und steckt das Baguette in den Ofen. Er fischt eine Melone aus dem Kühlschrank und schneidet sie in schmale Streifen, legt Schinken auf einen Teller und Käse auf einen andern. Innerhalb von fünf Minuten ist die Küche von einem Frühstücksduft durchzogen, der so warm und so angenehm ist, dass meine Furcht kleiner und kleiner wird, bis sie sich verschämt aus der Küche schleicht.

»Und jetzt«, sagt Malte und gießt Kaffee in meine Tasse, »erzähl mal.«

Björn Kern

Wie war ich?

Ehrlich gesagt hab ich das alles bis zum Schluss nicht kapiert. Den Krieg nicht und ihre Kälte nicht und warum alles so schief gelaufen ist. Nora hat immer alles kapiert. Nora hat Zeitung gelesen, nicht nur die Überschriften oder den Sportteil, sie hat lange Artikel gelesen, auf der ersten Seite. Und Nora hat gesagt, wenn die Schule vorbei ist, geh ich nicht einfach studieren. Wenn die Schule vorbei ist, hat sie gesagt, dann zeig ich's ihnen.

Bevor ich Nora kennen lernte, dachte ich immer, die spinnen, die Chaoten. Mutig fand ich sie schon, aber ich sah keinen Sinn darin, mit Gleitschirmen von Bürotürmen zu springen oder mich von Autobahnbrücken abzuseilen. Ich wusste nicht mal, welche Gründe gegen den Krieg sprachen, ich interessierte mich nicht dafür.

Aber Nora war knallhart. Sie hat mich gesehen, sie hat mich angelächelt und dann hat sie an mir gezogen wie an einer Marionette, nachdem sie mich blind gemacht hat und taub. Nora sah nicht abgewetzt aus wie andere Chaoten, sie war zu klein und zu schmal. Sie trug rote Tops mit schmalen Trägern, über denen ihre Haare glänzten.

Das erste Mal sah ich sie hinter einer Reihe Polizisten. Ich hatte den Modellfliegern zugeschaut und radelte zurück in die Stadt, als ich plötzlich auf eine Absperrung stieß. Davor standen Polizisten, sie trugen Schutzschilde wie im Fernsehen und verständigten sich per Funk. Hinter der Absperrung irrten Demonstranten über die Straße, liefen von Bordstein zu Bordstein, fassten sich an den Händen und riefen Parolen, die ich nicht verstand. Sie waren kaum älter als ich und sahen aus wie normale Schüler, ich sah keine Army-Sachen und keine Rastalocken, sondern Jeans und T-Shirts und Sportschuhe.

Nora ging allein. Sie fasste niemanden an der Hand, sie bildete keine Reihe, sie rief keine Parolen. Mitten im Durcheinander blieb sie ruhig und entspannt, als würde sie sonntags mit ihren Eltern an der Elbe entlangspazieren. Aber neben ihr spazierten nicht ihre Eltern, auch sonst spazierte niemand neben ihr. Die Demonstranten hielten Abstand und spülten an ihr vorbei wie um einen Felsen im Fluss ohne sie anzurempeln.

Nora trug eins ihrer roten Trägershirts, der Ausschnitt war schmal, doch weit genug, und ihre Haare waren im Nacken zu einem Knoten aufgesteckt, der beim Gehen wippte. Am deutlichsten aber sehe ich noch heute ihr Lächeln. Während die andern kriegerische Grimassen zogen und die Polizisten beschimpften, lächelte Nora. Sie lächelte, mit geschlossenen Lippen, stolz und warm.

Erst als sie den Kopf zu mir drehte und mir über die Absperrung hinweg in die Augen sah, merkte ich, dass ich ihr einige Meter gefolgt war. Noras Gesicht verschwamm hinter einem Schutzschild, tauchte dann klar und schön zwischen zwei Polizisten auf, verschwand hinter dem Rücken eines Beamten, und als ich ein wenig schneller lief, um mit ihr Schritt zu halten, wendete sie den Kopf ab, mir wurde heiß. Ich zwang meine Augen wegzusehen und erkannte gerade noch, wie Nora hinter der Absperrung den Arm ausstreckte und sich ihre schmalen Finger im Gegenlicht krümmten, als wollte sie mich zu sich winken.

Heute weiß ich nicht mehr, ob ich mir das nicht eingebildet habe. Wenn ich an diesen Tag im März zurückdenke, sehe ich einen Film in Zeitlupe, und sobald Nora die Hand ausstreckt, bricht er ab. Du warst es doch, der auf mich zugekommen ist, hat Nora später gesagt. Du warst es doch, der etwas von mir wollte. Von ihrer Hand, ihrer schmalen, schon im Frühjahr gebräunten Hand, die mich zu ihr winkte, ließ sie mich nicht erzählen. Ich hatte sie längst verloren, ich hatte sie nie gehabt.

Ein Mannschaftswagen der Polizei drängte sich zwischen Nora und mich, der Demonstrationszug wurde breiter und strömte auf den Rathausmarkt. Auf der Tribüne vor dem Rathaus fuchtelte jemand mit den Armen und brüllte, Nora hielt noch ein paar Sekunden den Abstand zu ihren Kollegen, dann war sie von der Masse verschluckt. Um sie nicht aus den Augen zu verlieren, hätte ich die Absperrungen und die Reihen der Polizisten durchbrechen und mich in den Demonstrationszug einreihen müssen, aber ich traute mich nicht.

An diesem Tag im März sah ich Nora nicht wieder. Ich fuhr nach Hause, meine Eltern waren im Urlaub, mein kleiner Bruder erzählte von Sandschlachten am Elbufer, und erst als ich sagte, du kannst heute fernsehen, solange du willst, ließ er mich in Ruhe.

Ich dachte nicht nach an diesem Abend, ich sah nicht in den Frühjahrsregen, ich glaube, es regnete nicht mal, der März war ungewöhnlich warm. Ich schliff den Rumpf meines Modellseglers ab, überzog ihn mit Nitrolack und legte mich früh ins Bett. Erst kurz vorm Einschlafen sah ich wieder diese schmale Hand, die gekrümmten, braunen Finger, die mich in Zeitlupe zu sich winken. Trau dich und komm her, ich beiße nicht und du wirst nichts bereuen.

Am nächsten Morgen legte ich zum ersten Mal seit der Abreise meiner Eltern die Zeitung nicht gleich zum Altpapier. Ich suchte den Lokalteil, stolperte über Einbrüche und Vergewaltigungen und fand dann, was ich suchte. Ich las viel und verstand wenig, es ging um den Krieg und den Innensenator, um Beweise der Amerikaner, die erlogen waren, und um das Aufbegehren einer neuen Generation. Das Aufbegehren einer neuen Generation, las ich noch mal und stellte nach einem Blick auf die Gesichter in der Zeitung erschrocken fest, dass dies auch meine Generation war. Ich schlug die Zeitung zu und warf sie ins Altpapier.

In den folgenden Tagen las ich jeden Morgen in der Zeitung. Mein Bruder lachte mich aus, er sagte, du hast Falten auf der Stirn wie Vater, ich beachtete ihn nicht und las die Seite mit den Veranstaltungen. Es fiel mir schwer, die richtigen von den falschen zu unterscheiden. Würde Nora gegen den Einstellungsstopp von Lehrern demonstrieren oder eher gegen den Ausbau des Mühlenberger Lochs? Um den Krieg ging es erst wieder am Samstag. Treffpunkt zwölf Uhr an der Binnenalster, jede Woche bis Kriegsausbruch.

Ich war eine halbe Stunde zu früh. Außer Absperrungen und der Tribüne vor dem Rathaus sah nichts nach einer Großveranstaltung aus, aber es strömten immer mehr Leute auf den Platz. Nora erkannte ich sofort. Sie kniete auf einer Lautsprecherbox neben der Tribüne und ordnete Kabel. Sie trug ein Kleid, das genauso rot war und genauso schmale Träger hatte wie das Top, in dem ich sie das erste Mal gesehen hatte. Das Kleid war kurz, ich sah ihre Beine und beobachtete ihre Bewegungen. Nora war keine fünfzig Meter von mir entfernt, ihr Gesicht leuchtete und sie lächelte, stolz und warm. Sie bemerkte nicht, wie ich näher kam, aber plötzlich hob sie die Augenlider und sah mich an. Ich traute mich nicht zu sprechen, ich wollte so tun, als wäre ich nur zufällig hier, als wollte ich gerade wieder gehen, aber da sagte sie: Halt mal die Kabel hier.

Noras erster Satz war: Halt mal die Kabel hier. Sie sagte nicht: Hallo, sie sagte nicht: Da bist du ja wieder, sie wirkte auch nicht abweisend und ich hatte nicht die leiseste Ahnung, ob sie mich wiedererkannte. Aber ich war froh über meine Aufgabe, ich hielt die Kabel, als hätte ich ihre Schultern zwischen den Händen, und wartete ab. Nora beugte sich über die Box, ihre Gesichtsfarbe wurde dunkler, ihre aufgesteckten Haare fielen zur Seite und ließen mich ihren weißen glatten Nacken sehen.

Nora sagte: Nicht so gesprächig heute? Und ich merkte erst jetzt, dass ich noch immer nichts gesagt hatte. Meine Gesichtsfarbe wurde auch dunkler, obwohl ich nicht den Kopf gesenkt hielt, ich wusste nicht, warum ich hier stand und Kabel hielt und schwieg.

Jan, sagte ich, aber Nora nickte nur, und wie sie hieß, erfuhr ich erst später. Bis heute weiß ich nicht, ob Nora ihr richtiger Name war. Genauso wenig weiß ich, ob ich die richtige Nora kennen gelernt habe. Die Nora, die ich kennen gelernt habe, hatte ein wunderschönes rotes Kleid an, trug einen Haarturm, der an ihrem Hinterkopf wippte, und wenn sie lächelte, stellten sich mir die Haare im Nacken auf.

Ich wollte sagen: Wogegen demonstrieren wir denn?, ich wollte sagen: Und wie heißt du?, ich wollte sagen: Was soll ich mit diesen Kabeln hier?, aber ich beobachtete sie nur und blieb still. Nora nahm mir die Kabel aus der Hand, sie sagte tatsächlich: Danke. Ein

Kollege gab ihr ein Zeichen und aus der Box kam ein schräges Pfeifen, das immer lauter wurde, bis ich mir die Ohren zuhielt. Nora lachte.

Ich bin wirklich den ganzen Umzug mitgelaufen, einmal um die Binnenalster. Ich lief neben Nora, über den Rest dachte ich nicht nach. Ich gab ihr nicht die Hand, ich sah sie nicht an, höchstens aus den Augenwinkeln, während ich so tat, als würde ich geradeaus schauen. Der Kreis, der sich beim ersten Mal um sie gebildet hatte, legte sich jetzt um uns beide, es ging niemand vor uns und niemand hinter uns und ich fühlte mich, als wären wir seit Wochen ein Paar. Nora sprach mit niemandem, sie schrie nicht und lachte nicht, unzählige Kollegen grüßten sie, aber sie lächelte nur kurz ohne sich ihnen zuzuwenden.

Auf der Abschlusskundgebung vor dem Rathaus ging Nora ans Mikrofon. Wir standen direkt vor der Tribüne, aber sie hatte mir nicht gesagt, dass sie sprechen würde, sie hatte den ganzen Nachmittag fast nichts gesagt, außer *Halt mal die Kabel hier* und *Nicht so gesprächig heute*. Sie hatte gesagt, dass die Demonstrationen sie davon abhielten, Zeitung zu lesen, und sie hatte gesagt, wenn die Schule vorbei ist, dann zeig ich's ihnen. Sonst war sie still. Nun stieg sie auf die Tribüne, sie war nicht viel älter als ich, vielleicht sechzehn, und ich merkte, wie ich anfing zu zittern. Nora stellte sich hinter das Mikrofon, sie wirkte klein, aber unwahrscheinlich gefasst, auf dem Platz unter ihr waren vielleicht fünftausend Menschen, sie räusperte sich nicht, ihre Stimme vibrierte nicht und sie fing an zu sprechen.

Sie sprach von schreiender Ungerechtigkeit und Irreführung, von der Arroganz der Amerikaner und der Aufgabe der Europäer. Sie hatte ihre Beine über Kreuz gestellt und von hier unten sah ihr Körper aus, als bestünde er ausschließlich aus langen, glatten, leicht gebräunten Mädchenbeinen. Sie hielt sich am Mikrofon fest, ihre Schlüsselbeine standen unter den Trägern hervor, manchmal strich sie eine Falte an ihrer Hüfte glatt, die außer mir niemand sah. Nora sprach von zivilen Opfern und der Logik des Krieges, ihre Lippen wechselten schnell und gewandt die Formen und sie spuckte Silbe für Silbe aus ohne ihr Lächeln zu verlieren. Noras Stirn war glatt, die Augen nicht zusammengekniffen und auch ihre Stimme wurde nicht laut und nicht aggressiv. Nora sprach eine Viertelstunde, ich wartete ständig, dass sie sich wieder mit der Hand über die Hüfte fuhr, ich sah ihren Beinen zu, wie sie abwechselnd Noras Gewicht trugen, ich beobachtete ihren Mund und plötzlich fingen alle an zu klatschen.

Nora nickte in die Masse, sie lachte jetzt doch ein wenig und stieg von der Tribüne. Sie war sofort von ihren Kollegen umringt, Hände klatschten ihr auf die Schultern und ein Typ, der sicher schon Anfang zwanzig war, fasste sie an den Hüften und hob sie in die Luft. In der kurzen Sekunde, die sie in der Luft schwebte, trafen sich unsere Blicke. Nora strampelte wie ein Kind, der Typ ließ sie los und sie kam auf mich zu. Sie kommt auf mich zu, dachte ich, als sie auch schon vor mir stand und fragte: Wie war ich? Ich war völlig überfordert, sie hatte mir keine Zeit gelassen nachzudenken. Ich beugte mich vor, und als mein Kopf sich ihrem Hals näherte, wurde die Luft an meinem Gesicht wärmer, ich fühlte mich, als würde ich in die Sonne schauen, ich schloss die Augen, gab ihr einen Kuss auf den Hals und rannte weg.

Am nächsten Samstag wartete Nora schon auf mich. Sie tat, als hätten wir uns verabredet, sie umarmte mich kurz, aber fest, und dann fing sie an zu sprechen. Ich weiß, dass dir der Krieg egal ist, sagte sie, und ich weiß, dass du nur wegen mir hier bist. Wir freuen uns, dass du bei uns bist, sagte sie, aber du musst schon auch was dafür tun.

Nur langsam begriff ich, dass Nora nicht mich wollte, sondern die Wohnung meiner Eltern. Ein paar Freunde, sagte sie, aus Berlin. Nur für eine Nacht. Sie schaute mir in die Augen, sie zupfte an ihrem linken Träger und lächelte und ich sagte ohne nachzudenken Ja. Wenn etwas ist, sagte sie noch und gab mir einen Zettel mit ihrer Nummer.

Meinen Bruder schickte ich fort, er übernachtete bei einem Klassenkameraden. Noras Freunde kamen um acht, sie waren mindestens fünf bis zehn Jahre älter als ich, sie begrüßten mich kumpelhaft mit Handschlag, ließen sich die Küche und das Bad zeigen und fingen dann an zu trinken. Sie tranken eine Flasche Bier nach der andern, rauchten Gras und diskutierten, sie brüllten und machten sich über die Wohnung meiner Eltern lustig.

Ab Mitternacht gingen sie dazu über, die Wohnung zu zerstören. Sie rissen den Wandteppich im Flur von der Tapete und schlugen Bierflaschen an der Badewanne auf, weil sie den Öffner nicht fanden. Sie schnitten den Zimmerpflanzen Blätter ab und drehten sich daraus Zigaretten, die nicht brannten, aber qualmten. Sie zogen die Bücher meines Vaters aus dem Regal, lasen sich grölend die Titel vor und warfen sie dann aus dem Fenster. Mich beachteten sie nicht.

Ich sah ihnen zu wie gelähmt, ich war nicht wütend, aber fassungslos, und fragte mich, warum Nora mir das antat. Als ihre Freunde sich gegenseitig mit Blumenerde einrieben und auf dem Teppich wälzten, verzog ich mich auf mein Zimmer. Ich verriegelte die Tür, stopfte mir Wachs in die Ohren und hoffte, dass die Wohnung wenigstens nicht abbrannte.

Am nächsten Morgen waren die Zimmer leer und verwüstet. Mein Bruder kam gegen zehn und fing an zu weinen, ich wartete auf Nora. Ich saß den ganzen Sonntag auf meinem Bett und wartete, während mein Bruder die Blumen wieder in die Töpfe pflanzte und die Badewanne schrubbte. Nora kam nicht am Vormittag, sie kam nicht am Nachmittag, sie rief auch nicht an.

Am folgenden Samstag sah ich sie vielleicht dreißig Sekunden. Sie stand vor der Tribüne auf dem Rathausmarkt und beugte sich über den Lautsprecher, wie sie es letzte Woche getan hatte. Ich wollte schimpfen, aber als ich ihre hochgesteckten Haare sah, musste ich lächeln und sagte nur: Nora? Sie drehte sich um, sie verzog keine Miene, und als auch ich mein Lächeln verlor, sagte sie: Du warst es doch, der auf mich zugekommen ist. Du warst es doch, der etwas von mir wollte. Sie sah mir noch eine Sekunde in die Augen, dann wandte sie sich ab und verschwand hinter der Tribüne.

Am Tag darauf brach der Krieg aus. Ich interessierte mich nicht dafür und wartete bis zum Morgen, an dem meine Eltern zurückkommen wollten. Ich wartete zehn Tage, ich zählte jeden einzelnen, dann rief ich an. Meine Finger zitterten, und als sich statt Nora eine fremde Mailbox meldete, dachte ich, ich hätte mich verwählt. Erst nach dem siebten Versuch sah ich ein, dass es nicht ihre eigene Nummer war, die Nora mir aufgeschrieben hatte.

Jefferson Chase

Beggars Banquet

»Warum soll der Pirat sich die Hände waschen?«

Das auflodernde Lagerfeuer beleuchtet Tracys Gesicht.

»Pilate«, sage ich.

»Der Pilot?« Die Musik plärrt weiter, während sie sich in der Runde umschaut ohne zu lächeln. Tracy gehört zu den Menschen, die besser aussehen, wenn sie nicht lächeln. Ihr Mund scheint geradezu für das Schmollen geschaffen zu sein. Einen schönen Mund hat sie. Tracy ist überhaupt etwas Besonderes.

»Nein, nicht Pilot. Pontius Pilatus. Der aus der Bibel. Der Jesus umgebracht hat.«

»Der was?«

Zum ersten Mal registriert sie, dass ich es bin, der mit ihr redet. In der Hand hält sie wie jeder von uns eine Dose Schaeffer. *The one beer to have when you're having more than one.* Fünf Sechserträger lagern im See, damit sie kühl bleiben. Und versteckt sind, falls die Polizei vorbeikommen sollte. Ich nehme einen Schluck aus meiner Dose.

»Der Song handelt vom Teufel und wen er alles in der Weltgeschichte gekannt hat. Wenn Pilatus das

Blut von seinen Händen wäscht, leugnet er seine Schuld und der Teufel darf seine Seele holen. Der Song heißt ja auch ›Sympathy for the Devil‹.«

»Warum soll man denn Mitleid mit dem Teufel haben?«

»Ich glaub, das ist ironisch gemeint.«

Tracy fixiert mich. Ihr Haar trägt sie schulterlang und geföhnt wie Heather Locklear. Sie hat eine Jeans und ein dünnes Hemd über ihren Bikini gezogen, ist aber immer noch barfuß. Sand klebt an ihren Fußsohlen.

»Ich finde diese andauernden ›woo-woos‹ ziemlich doof.«

Das Gespräch droht auf eine besonders schlimme Art zu platzen. Musik ist wichtig. Wir streiten uns jeden Abend, wenn sich die Runde am Strand trifft, welche Kassetten in den tragbaren Recorder eingelegt werden sollen. Es ist eine Blamage, auf Musik zu stehen, die andere dämlich finden.

»Ich auch«, sage ich. »Eigentlich halte ich die ganze Classic-Rock-Mucke für überflüssig. Ich meine, warum kommen 1984 nur Songs im Radio, die vor mindestens zehn Jahren aufgenommen worden sind. Ich steh auf New Wave. Und Punk natürlich.«

Das mit dem Punk ist gut. Punk zu hören ist wie sich tätowieren lassen. Leute, die Punk hören, sind gefährlich und interessant.

»Tja, als *Student* mag man so was wahrscheinlich«, sagt Tracy, steht auf und geht weg vom Feuer. So wie sie den Sand von sich streift und in ihre Flip-Flops schlüpft, stolz und athletisch, ist sie ganz klar ein Mensch, der sich mit Mittelmaß nicht zufrieden gibt. In ihren Hörgewohnheiten allerdings doch. Später erfahre ich von Allison, dass Tracys Lieblingsmusik der Soundtrack zu »Grease« sei. Sobald wie möglich muss ich mir den besorgen.

Die Doppelkassette mit dem »Grease«-Soundtrack brachte ich eine Zeit lang immer mit, wenn die Strandtruppe sich traf, aber Tracy nahm keine Notiz davon. Irgendwann verschwand sowieso eine der beiden Kassetten – und damit noch eine Möglichkeit, bei diesem Mädchen Eindruck zu machen.

Eindruck, Änderung, Zukunft ... das hing alles bei mir zusammen. An der High School war ich der Rebell gewesen, der seine Hausaufgaben machte und die ortsüblichen Amüsements verschmähte. Erst zu Beginn des Sommers wurde mir klar, dass ich dadurch auch einiges verpasst hatte, was vor der Uni dringend nachgeholt werden musste. Sehr dringend sogar.

Eintritt Tracy. Ich sah sie beinahe täglich in der Clique von Jungurlaubern, mit denen ich mich angefreundet hatte. Beim Pizza-Essen oder Bummeln im Dorf. An einer der abgelegenen Tankstellen, wo man sich die Zeit vertrieb, wenn das Wetter schlecht war. Oder bei gutem Wetter natürlich im Bikini am Strand, denn Tracy interessierte sich hauptsächlich für Wasserski. Ich habe ihr mehrmals diese knappe Kleidung ausgezogen. Alles lief wunderbar zu Hause im Bad oder nachts in meinem Zimmer, mit dem Bild ihrer Brüste und ihrem vermutlich hellbraunen Schamdreieck vor Augen. Bloß: Sie war nie dabei.

Das Hauptproblem bestand darin, dass Tracy mich nicht leiden konnte. Das hing damit zusammen, dass sie dumm wie Stroh war – was nicht weiter wild gewesen wäre, denn theoretisch hätte es mir gerade ihre Kalkulierbarkeit erleichtern sollen, sie zu beeindrucken. Sie rumzukriegen. Sie flachzulegen. Oder wie auch immer man es nennen wollte.

In der Praxis waren es aber meine Pläne, die flach fielen. Wassersportlich war ich eine Null und meine Erfolge beim Kampfsaufen nützten mir nichts, denn Tracy war als einzige Ausnahme in unserer Runde kein großer Freund des Alkohols. Bier schmecke ihr nicht, meinte sie. Auch die Tatsache, dass ich kellnerte, um mir Taschengeld für die Uni zu verdienen, also die Hälfte der Zeit in einem Polyester-Anzug mit Fliege herumrannte, trug nicht gerade dazu bei, ihre Mädchenhormone anzuregen. Was blieb mir also übrig? Eine gewisse Klugheit, sicher. Aber mein angelerntes Wissen interessierte sie selten, und wenn doch, dann nur als Beweis meiner angeblich schwer zu ertragenden Überheblichkeit.

Meine einzige Hoffnung war der Ford Mustang, den mein Vater mir zum Abitur geschenkt hatte. Leider nicht der schnelle Flitzer, mit dem Steve McQueen durch die Luft von San Francisco flog, sondern der gedrungene Panzer, mit dem die Duke-Brüder die Straßen von Hazzard County unsicher machten. Aber immerhin. Er hatte ein T-Dach mit herausnehmbaren getönten Fensterscheiben und weiße Kunstledersitze, die so tief montiert waren, dass man kaum über das Lenkrad sehen konnte. Ich liebte die Karre. Sie hatte die Duke-Brüder zu den Helden vieler Erwachsener aus meiner Gegend gemacht, sie musste eigentlich auch bei einem sechzehnjährigen Mädchen aus New Jersey funktionieren. Vorausgesetzt, dass man seinen Führerschein hatte.

Zwei Fliegen, eine Klappe, hatte ich gedacht, als ich mir die Verkehrsregeln einpaukte und die schriftliche Prüfung bei der Kfz-Zulassungsstelle bestand. Leider war aber auch hier der praktische Teil der Übung erheblich schwerer als der theoretische. Beim ersten Versuch war mir der Mustang auf einer Kreuzung abgesoffen, ich musste drei Wochen warten, bis ich die Prüfung wiederholen durfte. In dieser Zeit überfuhr ich ein Stachelschwein, so dass meine Mutter sich unter Tränen weigerte mir weitere Fahrstunden zu geben. Die Rolle der Fahrlehrerin übernahm von da an freundlicherweise Allison, Tracys Schwester, die wesentlich entspannter als meine Mutter war. Der Wechsel brachte dennoch nicht viel. Bei der zweiten Fahrprobe vergaß ich zu blinken, als ich rechts aus der Einfahrt fuhr; bei der dritten stand nach der Einparkübung kein einziger Gummitrichter mehr.

Allison hatte braune Augen wie Tracy, aber das war das Ende aller Familienähnlichkeit. Brüste waren bei ihr so gut wie gar nicht vorhanden, ihr lockiges Haar hätte besser zu einem Jungen gepasst und sie trug eine Zahnspange, obwohl sie schon seit einem Jahr studierte, in Boston, so wie ich auch bald. Allison tauchte nie im Bikini auf – sie mochte, soweit ich wusste, keinen Wassersport –, sondern erschien erst abends am Strand, in der immer gleichen verranzten Jeans und einem Tennishemd. Dass sie aufkreuzte, spielte aber für unsere Clique eine entscheidende Rolle, denn Allison hatte einen Führerschein, und zwar einen, auf dem das Geburtsjahr so geändert war, dass sie Alkohol kaufen durfte. Die Party am See begann also erst, wenn ihr brauner Dodge Duster den unasphaltierten Waldweg heruntergedonnert kam und sie mit dem Ruf ausstieg: »He, Jungs, bewegt eure Ärsche. Glaubt nicht, dass ich euch euer ganzes Bier auch noch vor die Füße trage.«

Allison mochte Bier, mehr sogar als einige der Jungs in der Runde, aber ihr Lieblingsgetränk war Branntwein mit künstlichem Milchkaffeegeschmack, der beim Spätkauf vier Dollar die Flasche kostete. Nichts gehe über einen »Coffee Brandy«, sagte sie. Und nach diesem Motto lebte sie auch.

Die Hauptstadt von Vermont liegt etwa eine Stunde von unserem Dorf entfernt und ist normalerweise nicht die Reise wert. Allison sitzt auf dem Beifahrersitz des Mustangs, raucht und redet auf mich ein, die Prüfung sei so gut wie bestanden. Der Meinung bin ich auch. Wir haben lange geübt. Ich kenne jede beschissene Verkehrsregel, kann blind einparken und schalte jetzt sicher, obwohl sich der Schaltknüppel wegen der Tiefe des Fahrersitzes in unbequemer Schulterhöhe befindet. Als wir vor der Zulassungsstelle ankommen, bin ich nicht im Geringsten nervös. Abends werde ich mit dem neuen Lappen in der Hand ins Auto steigen, Tracy finden und fragen, ob sie ein bisschen herumcruisen will.

Wachtmeister Jones, der Allisons Platz eingenommen hat, trägt mindestens vierzig Kilo Übergewicht und findet deshalb keine bequeme Halteposition für die Checkliste mit den ganzen Leistungen, die ich erbringen muss. Zusammengerollt wie ein riesiger Ball, schreibt er nichts auf, während ich losfahre, blinke, bei Rot halte, links abbiege, bremse, am Hang anfahre und so weiter, penibelst vorfahrtsbewusst und vorsichtig, den Tacho nie über fünfundzwanzig steigen zu lassen. Beim Einparken bleibt kaum ein Zentimeter zwischen den Reifen und der Bordsteinkante, die Gummitrichter stehen auch alle noch. Wir steigen aus. Gelangweilt kritzelt der Polizist ein paar Zeilen auf seinen Block, reißt das oberste Blatt ab und reicht es mir.

»Tut mir Leid, junger Mann, Sie sind durchgefallen.«

»Wie bitte?«

»Die Fahrprüfung dürfen Sie in drei Wochen wiederholen.«

»Und weshalb?«

»Unsicherer Fahrstil.«

»Das steht gar nicht auf der Liste.«

»Doch. Jetzt steigen Sie wieder in Ihr Fahrzeug und kommen erst zurück, wenn Sie Ihrer Sache sicher sind.«

Ich überlege mir, ob die Pistole, die er unter seiner Wampe trägt, geladen ist und wie ich sie ihm entwenden könnte. Allison ist aber aus der Zulassungsstelle gekommen und zerrt mich zur Beifahrerseite. Dieser Fettsack! Hier kriegt doch jeder Dorfdepp trotz mangelnder Chromosomen seinen Lappen. Nur ich nicht. Ich bin gut genug für einen Studienplatz an der Tufts-Universität, aber nicht für einen Führerschein aus dem Bundesstaat Vermont. Wegen »unsicheren Fahrstils«. Unglaublich. Wachtmeister Jones soll an seinem nächsten Doughnut ersticken.

Allison lässt mich poltern und wettern und gibt mir Recht. Ich habe bestimmt alles prima gemacht. Der Fettwanst sei nur eifersüchtig, weil ich nach etwas aussehe und studieren dürfe. Sie kenne den Neid, den Nichtstudenten für Studenten empfänden. Allison kennt gar nichts, denke ich. Die Uni, an der sie studiert, verdient kaum die Bezeichnung. Gleichzeitig aber schäme ich mich für diesen Gedanken. Allison ist nicht schuld daran, dass die Bullen in diesem elenden Provinzstaat vollkommen bescheuert sind. Sie hat mir den Gefallen getan, zur Prüfung mitzukommen, jetzt fährt sie den Mustang wieder zurück, weil ich dafür zu aufgebracht bin. Ich muss ihr unbedingt danken. Dabei fallen mir die Präser ein, die ich im Handschuhfach versteckt habe, und ich bin nur noch deprimiert.

»Weißt du was?«, fragt sie, als sie das Auto vor meinem Haus parkt. »Scheiß auf den Führerschein. Heute Abend fahren wir zum See und kippen uns einen hinter die Binde. Aber richtig.«

Es war so gut wie aus mit Fahren. Doch eines Abends kam Tracy auf mich zu mit der Nachricht, Allison habe diesmal tiefer als sonst ins Glas geschaut und liege im Koma unter einem Baum. Wie sollten sie jetzt nach Hause kommen?

Allison schien wirklich hinüber zu sein. Mit dem Gesicht nach unten lag sie auf dem Sandboden und murmelte wirres Zeug. Selbst nachdem wir sie umgedreht und ihr eine improvisierte Dusche mit kaltem Wasser verpasst hatten, war sie kaum auf die Beine zu bringen. Tracy fischte die Autoschlüssel aus Allisons Hosentasche und wir schleppten sie zu ihrem Dodge Duster.

Ich hatte immer noch die Übungserlaubnis, mit der ich fahren durfte, solange ein Führerscheinbesitzer mit im Auto war. Nirgendwo stand geschrieben, dass diese Person bei Bewusstsein sein musste. Also stellte ich den Rückspiegel ein, steckte den Schlüssel in das Zündschloss und fuhr vorsichtig los. Vielleicht brauchte ich den Mustang ja doch nicht.

Der Weg vom See zur Landstraße ist extrem schmal und durch die Zweige der Fichten von beiden Seiten fast überdacht. Ich habe mir immer vorgestellt, wie das wäre, Tracy weg von der Gruppe auf so einen abgeschiedenen Waldweg zu führen. Gut, Allison liegt auf der Rückbank, aber in ihrem Zustand zählt sie nicht. Ich spüre heißes Blut in meinen Unterleib fließen. Zu Hause bei Tracy werde ich, ehe sie auf die Idee kommt, Allison auszuladen, meine Hand auf ihren Oberschenkel legen. Ich werde sie küssen. Und sie wird mich küssen, den rettenden Helden. Den Bikini hat sie diesmal ausgezogen, nach dem Wassersport. Vielleicht trägt sie ja keinen Slip unter ihren Shorts …

Der große Stein, der plötzlich vor dem Auto auftaucht, ist wie ein spielendes Kind, das einem Ball hinterhergerannt ist und plötzlich auf der Straße steht. Keine Chance auszuweichen. Tracy schreit, ein Stoß geht durch das Chassis und die Vorderbank in meinen Rücken. Ich reiße das Lenkrad rum, bringe das Auto zurück auf den Waldweg und halte an.

»He? Wo sind wir?«, lallt Allison, ihr Haar immer noch nass.

»Am Arsch«, schreit Tracy. Dann zu mir. »Du hättest uns beinahe umgebracht, du Idiot.«

»Ich konnte nichts …«, sage ich.

»Bist du vielleicht blind?« Dies ist keine Frage.

»Tracy, bleib mal ausnahmsweise cool«, sagt Allison etwas munterer.

»Cool?«, schreit Tracy. »Du bist mit schuld. Wenn du dich nicht wieder heillos betrunken hättest …«

»Quatsch«, sagt Allison.

»Säuferin.«

»Zicke.«

»Spangenfresse.«

»Tussi.«

»Du brauchst dringend eine Therapie.«

»Noch ein Wort«, sagt Allison, »und du wirst dringend einen Arzt brauchen.«

Das ist natürlich nicht Tracys letztes Wort, aber sie scheint die Drohung ernst zu nehmen und wird tatsächlich weniger hysterisch. Wir steigen alle aus, um den Schaden zu inspizieren. Die Stoßstange ist an der linken Seite weggebogen und der Kotflügel verbeult, aber das ist nicht so schlimm. Schlimm ist der platte Vorderreifen.

»Scheiße, Scheiße, Scheiße!«, schreit Tracy wieder. »Wie kommen wir *jetzt* nach Hause?«

»Wir wechseln den Reifen, Spatzenhirn«, sagt Allison.

»Kannst du wenigstens einen Reifen wechseln?«, fragt mich Tracy.

»Na ja … ich …«

»Keine Panik, ich mach das schon«, sagt Allison. »Aber nur, wenn du endlich mal die Klappe hältst, Tracy.«

Der Zusammenprall scheint Allison weitestgehend ernüchtert zu haben. Wie ein Mechaniker holt sie den

Wagenheber aus dem Kofferraum, bockt das Auto hoch und lockert die Schrauben. Ich stehe daneben, halte die Taschenlampe und passe auf, dass keine der Schrauben wegrollt. Tracy hält sich drei Meter von uns entfernt und schmollt, stolz und schön wie immer. Nach zwanzig Minuten ist der Ersatzreifen fertig montiert.

Trotz des Unfalls besteht Allison darauf, dass ich weiterfahre. Sie sei noch besoffen, behauptet sie, und außerdem hätte ihr so ein Pech auch passieren können. Sie hat vorn neben mir Platz genommen, Tracy musste nach hinten zwischen die leeren Bierdosen und Pizzareste. Ich würde gern einen Blick in den Rückspiegel riskieren, um zu sehen, ob sich ihre schlechte Laune verzogen und sie mir verziehen hat, aber ich weiß, ich muss mich aufs Fahren konzentrieren. Ich habe doch zu viel Bier getrunken. Mit fünfzehn Stundenmeilen und verschwitzten Händen schaffe ich den Weg zu dem Ferienhaus, in dem die beiden mit ihrer Mutter wohnen, ohne Zwischenfall.

Tracy steigt mit der Bemerkung aus, dass der Unfall mich teuer zu stehen kommen werde. Ihr Haar hat sie zu einem Pferdeschwanz gebunden, der höhnisch zwischen ihren Schultern pendelt, als sie die Treppen der Veranda hinaufsteigt und durch die mit Fliegengitter versehene Haustür verschwindet.

Ich bleibe draußen und trinke ein Bier mit Allison, die sich für ihre Schwester entschuldigt. Wegen der Reparaturkosten solle ich mir keine Sorgen machen.

»Ich melde den Unfall morgen als meinen eigenen an«, sagt sie. »Wozu ist man sonst versichert?«

Glücklicherweise waren es nur noch ein paar Wochen bis zum Beginn des Herbstsemesters. Tracy war für mich so unerreichbar geworden wie jede Frau aus dem Playboy-Magazin. Wenn wir uns am Strand oder sonst wo begegneten, begrüßte sie mich jedes Mal mit der Frage, ob ich in letzter Zeit weitere Autos zu Schrott gefahren hätte. Darauf gab es nichts zu antworten. Ich versuchte sie zu vergessen, was mir halbwegs gelang, denn je näher die Uni rückte, desto mehr beschäftigten mich die Vorbereitungen. Mein kleines Zimmer wurde immer voller mit Kartons und Taschen, ich ging früher ins Bett und nachts im Halbschlaf hatte ich andere verschwommene Bilder im Kopf: Gespenster von Menschen, die ich noch nicht kannte, einen Campus mit halb fertigen Gebäuden. Bald würde sich so oder so mein Leben ändern.

Ein Kratzen am Fenster weckt mich auf.

»He, Alter, du willst nicht etwa deinen letzten freien Abend verschlafen?«

Draußen ist es herbstkalt, also fahren wir mit dem Dodge Duster zu einer Spätkauf-Tankstelle am Arsch der Welt. Tracy ist schon mit ihrer Mutter abgereist, weil die High School früher anfängt als die Uni, Allison bleibt noch eine Woche allein im Ferienhaus. Wie die Bude wohl aussieht? Wahrscheinlich genauso vermüllt wie dieses Auto. Irgendwie ist auch die eine »Grease«-Kassette hier gelandet und ich lege sie ein, obwohl Allison und ich eigentlich einer Meinung sind, dass das eine obergrottige Musik sei: eine Pseudo-Fünfziger-Mucke aus den Siebzigern, die in den Achtzigern nicht wie »Saturday Night Fever« verschwinden will. Heute Abend finden wir die Kassette aber lustig. Wir singen sogar mit bei den Duetten, Allison den Teil von Travolta und ich den von Olivia Newton-John.

Der Spätkauf-Besitzer ist ein fünfzigjähriger Säufer namens »Chief« mit einer schief sitzenden Brille und einer Kehlkopfkrebsstimme. Seinen Laden – eine heruntergekommene Holzhütte mit Bier, Pornos und einem vor sich hin blubbernden Ms-Pac-Man-Spielautomaten – hat er in einem Anflug von Kreativität »Chief's Place« genannt. Die Bude ist mir ein Begriff, aber nur vom Hörensagen, und zwar als Ort des Bösen, während Allison sich mit Chief und seinem Place gut auskennt. Er begrüßt sie mit Namen, als wir den Laden betreten, und lädt uns ein unsere beiden gekauften Sixpacks mit ihm zusammen zu trinken, woraufhin er sofort seine Tür dichtmacht. Meinetwegen. Ab morgen werde ich sowieso und hoffentlich für immer diesem ländlichen Elend den Rücken kehren. Eine letzte Erinnerung ist fast Pflicht.

Kurz vor Mitternacht hören wir einen Pick-up auf den Kies fahren. Zwei Autotüren öffnen sich, schwere Schritte kommen in Richtung Ladeneingang. Es klopft.

»He, Chief, Mann, mach mal auf. Wir brauchen Bier.«

Viele Leute, die in den Bergen unseres Landkreises leben, haben die eine oder andere genetische Macke, aber die beiden, die draußen stehen, sind echte Mutanten. Riesige Typen mit schulterlangem Haar und unsichtbaren Gesichtern, dreckigen Holzfällerhemden und Jeans, die ihre Arschritzen nicht verdecken. An einer Kette am Gürtel hängt bei jedem der Geldbeutel, höchstwahrscheinlich ohne Geld.

»Ich habe zu«, krächzt Chief. »Außerdem, ihr seid hier nicht mehr willkommen.«

Das kommt bei den Mutanten nicht so gut an.

»He, Chief, Schnee von gestern. Gib uns ein paar Sixpacks und wir verpissen uns. Wir bezahlen auch.«

»Ihr verpisst euch sofort«, sagt Chief. »Ohne das Bier.«

»Das tun wir mit Sicherheit nicht.«

»Wer einmal bei mir klaut ...«

»He, Chief, vergeben und vergessen.«

»Okay«, krächzt Chief hinter seinem Tresen. Er bückt sich, und als er wieder aufsteht, hat er eine alte Schrotflinte in der Hand. »Ihr habt die Wahl. Entweder ihr fahrt jetzt nach Hause, so wie ihr seid, oder ihr fahrt in einer Minute nach Hause, aber mit Blei in euren Ärschen.«

Ich schaue mich im Laden nach etwas um, wohinter ich mich verstecken kann. Solche Mutanten haben immer ein Gewehr im Pick-up, falls ein Reh die

Landstraße überquert oder sonst ein Problem auftaucht, das sich nur mit einer Waffe lösen lässt. Die übermorgige Schlagzeile in der Lokalzeitung schwebt mir schon vor Augen: »Junger Hoffnungsträger stirbt bei Spätkauf-Schießerei – Nur noch 24 Stunden bis zur Uni«. Scheiße. Wieso bin ich nicht im Bett geblieben? Man hört schon, wie die Mutanten zurück zu ihrem Pick-up gehen. Ich stelle mich hinter den Ms-Pac-Man-Automaten in der Ecke, obwohl er nicht so aussieht, als ob er einer Ladung aus einem 30-0-6-Gewehr standhalten wird. Bevor ich den Gedanken zu Ende führen kann, kommen die Mutanten zurück.

»Du verkaufst uns unser Scheißbier. Wenn du das hier wiederhaben willst.«

Vorsichtig strecke ich den Kopf hervor. Der eine Mutant hält seine dreckige Hand hoch und schüttelt einen Gegenstand. Das metallene Geräusch macht mich schwindlig. Allison hat natürlich ihr Schlüsselbund im Auto stecken lassen. In einer Gegend, wo jeder jeden kennt und kaum einer wegkommt, besteht nicht die Notwendigkeit, alles abzuschließen. Einer der Vorteile des Landlebens, pflegen meine Eltern zu sagen. Ich habe diese Floskel immer gehasst.

»Was machen wir jetzt?«, flüstere ich. Allison schüttelt den Kopf. Selbst Chief mit seiner Flinte, der bisher so souverän gewirkt hat, ist nun verlegen.

»*Deine* Wahl, Arschloch«, sagt der andere Mutant. »Das Bier oder die Schlüssel.«

Eigentlich ist das nicht unsere Wahl, denke ich, obwohl das in dieser Situation auch egal ist. Auf einmal zieht Allison ihr Portemonnaie aus der Hosentasche und legt fünf Dollar auf den Tresen. Aus dem Kühlregal holt sie zwei Sechserträger Schaeffer und geht mit ausgestreckter Hand auf Chief zu. Langsam, nachdem er klar macht, die Mutanten dürften auf keinen Fall seine Türschwelle betreten, reicht er ihr etwas herüber. Allison schließt die Tür auf und geht hinaus.

»Deine Freundin ist mutig«, krächzt Chief, »wie verrückt.«

Sie ist nicht meine Freundin, zumindest nicht so, wie Chief es meint, aber verrückt ist sie allemal. Bergmutanten treiben es mit jeder Art von Lebewesen. Schafen, Kühen ... soweit ich weiß, ist nicht mal eine Katze sicher vor denen. Allison stellt trotz Zahnspange einen echten Leckerbissen dar. Chief bleibt hinter dem Tresen stehen, seine Flinte einsatzbereit, sonst tut er nichts. Eigentlich müssten wir etwas unternehmen. Zu zweit hätten wir eine Chance, die Vergewaltigung zu verhindern. Ich will aber noch meine Uni-Karriere erleben. Deshalb bleibe ich hinter dem Automaten und warte. Nichts passiert. Nichts. Gar nichts. Das einzige Zeichen, dass die Zeit nicht völlig stillsteht, ist Ms Pac-Man. Sie muss Punkte fressen und die vier tödlichen Gespenster vermeiden, es sei denn, sie hat vorher einen von den Powerpacs geschluckt, dann darf sie dreißig Sekunden lang auch die Geister fressen. So ist das Leben: Macht man einen Schritt in die falsche

Richtung, schon ist man tot. Blödsinn. Ms Pac-Man basiert auf einem Computer-Programm, das man so lange studieren kann, bis man keinen falschen Schritt mehr macht. Und vor diesem Laden gibt es keine Powerpacs.

Wie sich herausstellt, braucht Allison aber auch keine. Nach etwa dreißig Musterspielen höre ich, wie der Pick-up einfach wegfährt. Allison kommt mit dem Schlüsselbund zurück. Sie hat lediglich ein Bier mit den beiden Mutanten getrunken und ein bisschen geplaudert. Eigentlich keine schlechten Kerle, meint sie. Ich staune Bauklötze. Chief sagt, er hätte von vornherein gewusst, dass die Sache gut ausgehen würde.

Später parkt Allison den Dodge Duster vor meinem Haus. Sie schaltet den Motor aus und zündet sich eine Zigarette an. Keiner von uns hat Lust, die Kassette umzudrehen, also sitzen wir ohne Musik da. Die Sommerferien sind jetzt definitiv zu Ende.

»Schade«, sagt sie, nachdem sie die Zigarette aufgeraucht hat.

»Was ist schade?«, frage ich, obwohl ich zu wissen glaube, was sie meint.

»Wegen dir und meiner Schwester. Sie ist wirklich 'ne dumme Zicke.«

Das ist ungerecht. Ich habe niemandem, erst recht nicht Allison, etwas davon erzählt, von mir und Tracy. Die Behauptung kommt sehr nah an eine Verleumdung heran, gegen die ich mich verteidigen müsste. Allison hat aber einen sonderbaren Blick. Einen Blick, den man auf Flughäfen sieht, wenn Leute die Glasscheibe am Check-in erreichen und sich Wege trennen. Oder in einer Einkaufsmeile, wenn jemand vor einem Nobelgeschäft stehen bleibt, dessen Waren weit über seinen Möglichkeiten liegen. Vielleicht habe ich so geblickt, wenn Tracy sich den Sand von ihren Fußsohlen wischte. Die Leute, mit denen wir schlafen wollen, sind selten die, die wir mögen. Es ist aber ebenso unmöglich, über diesen Gedanken zu reden wie über die Tatsache, dass ich mit achtzehn immer noch keine Ahnung habe, wie das ist, wenn man ein Mädchen aufs Kreuz legt.

Allison zündet eine letzte Zigarette an, atmet jedoch nicht tief ein, sondern bläst den Rauch sofort wieder aus, als ob er ihr gar nicht schmecken würde. Das Bier haben wir bei Chief ausgetrunken. Schade. Die Autofenster sind zu, der Rauch will sich nicht auflösen. Alles, was übrig bleibt, ist uns zu verabreden, irgendwann demnächst in Boston.

Mein Vater und ich hatten auch wenig zu sagen, als wir später am selben Morgen zur Universität fuhren. Ich war zu aufgeregt und zu verkatert, um Small Talk zu machen, und für ihn war es wohl ein Moment mit gemischten Gefühlen, die er erst für sich verarbeiten musste. Der einzige Sohn fing an zu studieren. Was hätte er da Sinnvolles sagen sollen? Man weiß inzwischen, wie sentimental alte Leute werden können. Also hörten wir statt zu reden lieber Radio.

An der Grenze zwischen Vermont und Massachusetts ging der Sender, den er zu Hause eingestellt hatte, in einen andern aus Boston über. WBCN – Classic-Rock mit 30000 Watt. Das beliebteste Programm der Stadt. Der DJ spielte »Stray Cat Blues« von den Rolling Stones: *Bet your mama don't know you can scream like that. / Bet your mama don't know that you scratch my back.* Zwei schöne, böse Textzeilen. Die »Beggars Banquet« war immer eine meiner Lieblingsplatten gewesen.

»Diesen Lärm kann ich nicht ausstehen«, sagte mein Vater und seufzte.

Ich suchte ihm zuliebe nach einem Country-Sender, fand aber keinen und schaltete aus. Wir saßen – nur noch hundert Meilen von der Tufts-Universität entfernt – in seinem Chrysler-Kombi, denn mein Ford Mustang war zwei Tage zuvor verkauft worden. Ich besaß keinen Führerschein, war Jungfrau und hatte viertausend Dollar Taschengeld für mein erstes Jahr in der Großstadt. Tracy habe ich nie im Leben wiedergesehen. Allison auch nicht.

Alexa Hennig von Lange

Im Park

Die Leute gehen Hand in Hand. Arm in Arm. Oder sitzen nebeneinander auf den roten Bänken, werfen Brotstückchen ins Wasser. Die Enten kommen aus allen Richtungen angeschwommen, ein paar sind schon da, schnappen mit den Schnäbeln nach der Brotrinde. Ein bisschen Brot bleibt immer zurück, weicht auf, schwappt am Ufer mit den schaumigen Wellen. Und weiter draußen auf dem See sitzen die Leute nebeneinander in den Tretbooten, treten in die Pedale, lenken das Boot über den See, wohin ist egal. Nur lenken und im Tretboot sitzen. Darauf kommt es an, bei allen, die hier laufen, sitzen, treten. Auf das Beieinander-Sein, In-Bewegung-Sein, In-stiller-Bewegung-Sein. Nebeneinander, sich halten, an den Händen, Arm in Arm, nebeneinander auf der Bank, im Tretboot. Ich bleibe stehen.

So ist es: Mädchen wollen Tretboot fahren. Ich weiß nicht, woran es liegt. Mädchen wollen Tretboot fahren. Davon träumen sie, dass mal jemand mit ihnen Tretboot fährt. Das gehört dazu an so einem Tag wie heute, an dem die Sonne scheint. Alle spazieren gehen. Arm in Arm. Sich alles wiederholt, was schon immer da gewesen ist, was immer so sein wird. Arm in Arm. Ich wiederhole mich. Zuletzt bin ich mit meiner Mutter Tretboot gefahren. Das war vor zehn Jahren. Ich war acht. Heute Abend singt sie mit dem Kirchenchor im Kurhaus. Ich werde natürlich rechts an der Seite sitzen, neben mir meine Cousine. Die Frage ist: Wurden für solche Frühlingstage wie heute die Tretboote erfunden, dass wir mit den Mädchen aufs Wasser fahren können?

Hier am Ufer bin ich, gehe, sehe hinaus auf den See, gehe langsam, habe noch Zeit. Es ist erst Nachmittag und ein wenig kühl, es ist ja erst Ende April. Und doch, da ist die Sommerwärme, verdeckt vom letzten bisschen Winter. Draußen sitzen die Paare in ihren Tretbooten, um sie herum die Wasseroberfläche. Das ist ihr Nachmittag, in Freude getaucht, aufgetaucht in eine neue Zweisamkeit, aus der etwas entstehen soll.

»Komm«, hatte sie gesagt. An diesem Winterabend, an dem sie mich in die enge Umkleidekabine schob. »Komm.« Sie klappt die gelbe Bank herunter, wodurch die Kabinentür verschlossen ist. Drüben, im Hallenbad, auf der anderen Seite des Parks.

Hier stehe ich, am Ufer, sehe den Enten zu, wie sie nach dem Brot schnappen. Ein Paar, beide gleich groß, schwarz gekleidet, lässt sich los, um rechts und links an mir vorbeizukommen. Über mir die kahlen Äste der Bäume, schon sieht man grüne Knospen vor dem eisblauen Himmel. Ich ziehe meine Jacke vorn zusammen, die Zehen sind kalt. Man muss sich bewegen. Ich will langsam gehen. Wurzeln ragen vom Ufer ins Wasser. Etwas Farbiges flimmert unter der Wasseroberfläche. Eine Plastiktüte. Zum ersten Mal in diesem Jahr ist die Fontäne angestellt. Ganz am Ende, auf der anderen Seite des Sees. Dahinter wieder Bäume. Der bräunliche Rasen zieht sich hinauf bis zur Straße. Rote Bänke. Der Park.

»Komm«, flüsterte sie damals. Oder: »Sei leise.« Plötzlich zieht sie die Träger ihres Badeanzugs über die Schultern nach unten. Ihre kalte, feuchte Hand nimmt meine und legt sie erst auf ihre Wange, dann auf die nackte Brust.

Unter den Sohlen knirscht der feuchte, dunkle Kies. Nun gehe ich wieder; langsam, sehr langsam, versuche alles zu sehen. Meistens ist es genau dieser Ausschnitt: meine Fußspitzen, der Kies, ein Stück vom Ufer, eine halbe Ente. Nur wenn ich den Blick hebe, geht der Ausschnitt weiter: der See, die Tretboote, die Fontäne, dahinter Bäume. Die Frage ist: Was will ich sehen? Was will ich von diesem Tag, der vergeht und vergeht, in Erinnerung behalten?

Unsere nackten Füße, die Fußspitzen, die sich fast berührten, darunter eine rote Gummimatte. Ihr aufgeweichtes, tropfendes Haar, die zitternden Lippen. Ihre kalten Hände, die nach meinen greifen, die steifen Finger, die sich um meine klammern. Aber an das, was jetzt ist, will ich mich auch erinnern: Am Rand der Wiese wird es dämmrig, die Amseln zwitschern in den schwarzen, verzweigten Ästen. Die Leute erheben sich von den Bänken, gehen schneller, als sie gekommen sind. Und die Luft ist frisch, sehr klar. Heute Abend sehen wir uns wieder. Ich werde einen dunklen Anzug tragen.

Endlich liegen die Tretboote vertäut am Bootssteg, die Mädchen steigen eins nach dem andern aus. Nicht ganz einfach, so wie das wackelt! Doch sie werden gehalten von der Hand, die sich ihnen vom Steg entgegenstreckt. Von mir aus gesehen sind es zwei schmale Silhouetten, die zu einer breiten werden. Bis zum Rand des Parks gehen sie Arm in Arm. Der Weg vor ihnen wird kürzer, unter der Straßenlaterne bleiben sie stehen. Die Mädchen: den Kopf im Nacken. Die Jungen: den Kopf geneigt. Sie lächeln, schaffen es nicht, sich umzudrehen, jeder in seine Richtung zu gehen. Dieser Tag soll wiederkommen.

»Sei leise.« Ihr Mund an meinem Hals. Ich sagte nichts. Stand nur da. »Sei leise.« Immer wieder ihr Flüstern. Dabei sage ich nichts. Bewege mich nicht, ihr Finger in meinem Mund. Schließlich will ich doch etwas sagen. Ich weiß nur nicht, was.

Der Tag ist vorbei. Die Mädchen bedanken sich mit einem weichen Kuss, laufen allein weiter nach Hause. In den hell erleuchteten Küchen warten die Mütter an gedeckten Tischen. »Wie war's?« Der Himmel färbt sich rosa, violett. Ich bin der Letzte im Park. Die Fontäne ist abgestellt. Weit hinten, am anderen Ufer, unter herunterhängenden Ästen, schwimmen die Enten gemächlich, im bläulichen Schimmer. Den geschwungenen Weg hinauf. Das geht schlecht mit den Händen in den Taschen, also die Hände raus, an den Seiten baumeln lassen, nun balle ich sie doch zu Fäusten.

Ich sah nur ihre Lippen. Ich wusste nicht, wo ich sonst hinsehen sollte. Ich scheine immer noch hinzusehen. Auf ihre Lippen. Rosa, blass. Für einen Moment schweift mein Blick, bleibt an ihrem Unterarm hängen. Feste Gänsehaut, aufgestellte Härchen. Dann wieder: ihre Lippen.

Jetzt die Straße hinunter, Richtung Stadt. Von hinten kommen in langen Abständen Autos aus dem Wald, die Schatten der Tannen auf den Windschutzscheiben lösen sich unter freiem Himmel auf. Sie rauschen an mir vorbei in die Stadt. Die Straße links hoch, an den Terrassenhäusern mit den grünen Balkonen entlang, um die Kurve, dort wohnt sie. Meine kleine Cousine.

In einem grauen Haus. Klein, weil sie drei Jahre jünger ist als ich. Klein, weil sie mir gerade bis zur Schulter geht.

»Willst du mich nicht küssen?« Ihre Hände auf meinen Schultern. Sie stand auf meinen Zehenspitzen. Die Kabine war eng. Wohin mit den Händen? Auf ihre Hüften. Schwer lagen sie da, trotzdem bedankte sie sich mit vielen kleinen Küssen.

Es gibt eine Abkürzung zu ihr hoch. Da vorn, zwischen den Häusern, geht eine schmale, steile Schluppe hinauf. Ein feuchter, mit Kies bedeckter Trampelpfad. Als Kinder sind wir ständig von oben nach unten in die Stadt geschlittert. In die Eisdiele. Ins Kino, das Capitol. Bei Schnee mussten wir uns am grünen, abgeblätterten Geländer festklammern. Der Schlitten an der Schnur zog uns, wie ein Hund an der Leine, vorwärts. Das ist lange her und doch wischt plötzlich das farbige Bild meiner Cousine im roten Schneeanzug an mir vorbei.

Rot. Der bis zum Bauchnabel heruntergezogene Badeanzug. Im Augenwinkel sah ich ihn, fühlte ihn zwischen meinen Fingern, die sich im hängenden Träger verfingen. Nasse Strähnen kleben rund um ihr Gesicht, die Haut ist weiß, übersät mit hellroten Flecken.

Einmal, am Teich, als kleiner Junge, laufe ich mit einem Karpfen in den Händen hinter ihr her. Den schmalen Pfad entlang, an Bäumen vorbei. Das ist Spaß! Der Karpfen windet sich in meinen Händen. »Ich steck ihn dir hinten in die Jacke!« Meine Cousine hat Angst. Jetzt stolpert sie über einen Stein, stürzt, bleibt im Laub liegen und weint. Es ist Herbst, das Licht kommt durch die gelben Blätter. Ein Fisch in meiner Hand! Ich kann nicht helfen! Darum lege ich ihn neben ein paar trockenen Ästen, einem Büschel Gras auf den Boden. Die Hände werden an der Hose abgewischt, gleich danach reiche ich sie meiner Cousine. Ihre Nase läuft, die Haare kleben im feuchten Gesicht. Kleine Klumpen schwarzer Erde hängen dazwischen. Meine Hände will sie nicht. Als sie wieder steht, tritt sie versehentlich auf den Fisch.

Ich könnte die Abkürzung zwischen den Häusern nehmen. In zwei Minuten wäre ich bei ihr oben. Könnte klingeln. Eintreten in den kalten Vorraum, von dem es über eine Betontreppe in den Keller hinuntergeht. Ihr Gesicht: klar, weiß. Ihr Gesichtsausdruck: erstaunt. »Du bist schon da?« Ich sehe auf die Uhr. Ab jetzt: zwei Minuten; eine Minute. Ich stehe immer noch hier.

Unten im Keller verstauben in den Regalen unsere alten Kinderschuhe. Mit den Jahren ist das Leder hart geworden, klebrige Spinnenweben legen sich über die bunten Laschen und Schnürbänder. An der gegenüberliegenden Wand lehnen zwei Kajaks und ein paar Paddel. Überall in den Winkeln schabt und raschelt es und im Heizungskeller, unter dem staubigen Brenner, hat die Katze letzten Herbst ihre Jungen bekommen. Das ganze Haus ist voller Katzen. Überall sitzen sie: auf den Korbstühlen, zwischen den Blumentöpfen auf den Fensterbrettern. Ich mag keine Katzen.

Und ich nehme nicht die Abkürzung, gehe lieber weiter die Straße hinunter, am Capitol vorbei, über die Kreuzung, bis zur Post. Gegenüber ist die Spielothek. Weil ich sonst nie hineinsehe, sehe ich jetzt hinein. Plötzlich interessiert mich der Blick in die offene Tür, in den dunklen Raum, auf die blinkenden Automaten. Vielleicht löst er etwas in mir aus. Kann doch sein. Bringt mich auf eine Idee. Aber da kommt nichts. Und dann gehe ich. Zurück. Am Terrassenhaus vorbei. Um die Kurve. Da steht das silberne Auto meines Onkels. Dahinter die Kirche.

Oft haben wir in der Kindheit auf dem Kirchhof Fangen gespielt. Meistens war die Anorakkapuze mein Verhängnis. »Ich hab dich!« Ich kann mich gut erinnern: Wir sind gestolpert, haben uns die Knie aufgeschlagen. Einmal auch den Kopf. Als ich von der niedrigen Kirchhofmauer falle, rennt mein Freund Trinus weg. Mit meiner Tante kommt er wieder. Kurz danach folgt der Krankenwagen. Solange sehen alle auf mich hinunter und warten. Trinus, meine Cousine, meine Tante. Trinus. Ich dachte, er müsse immer traurig sein. Trinus klingt wie Träne und er hatte große, braune Augen. Ich weiß nicht, wo er jetzt ist. Rannte im geringelten T-Shirt an mir vorbei, über den geschotterten Platz, verschwand unter dem flachen Wacholder. Im Schatten. Ich kann mich an alles erinnern. Glaube es zumindest. Höre uns rufen. Meine Cousine kommt den Gartenweg entlang, steigt über den Zaun, läuft uns entgegen, über die Straße. Als kleines Mädchen trug sie immer Dirndl. Mit roten oder gelben Kordeln. Mich hat das damals nicht gestört. Ihre Röcke waren kurz, immer sah man ihre Unterwäsche. Das fällt mir jetzt ein, als ich an das gerahmte Foto im Esszimmer denke: Meine Cousine baumelt kopfüber an einer rostigen Turnstange. Auf dem Foto daneben: wir zwei, auf einem mit kariertem Stoff bezogenen Sessel, meine Cousine auf meinem Schoß.

Ich versuche mir ihr Gesicht vorzustellen, wenn sie mir gleich die Tür öffnet. Wird sie mich ansehen? Wird sie sich wegdrehen? Bestimmt hat sie sich gerade die Haare gewaschen. »Du bist schon da?« Zur Strafe lässt sie mich im Flur warten. Das ist mir recht. Mir ist alles recht. Nur hier sein. Auf der vorletzten Treppenstufe sitzen. Warten. Gegenüber, im Kommodenspiegel, sehe ich mich. Die Füße stehen auf der letzten Stufe, die Knie zeigen nach außen, darauf meine Arme. In der oberen Kommodenschublade müsste noch meine orange Schülerlotsenmütze liegen. Meine Tante schmeißt nichts weg.

Meine Cousine und ich nehmen die Abkürzung durch den nun dunklen Park, in Richtung Kurhaus. Schräg vor uns liegt das Hallenbad, hinter der breiten Glaswand glitzert hellblaues Wasser. Jemand springt vom Drei-Meter-Brett. Seit letztem Winter kann man sogar von drinnen nach draußen in ein zweites, geheiztes Becken schwimmen.

Im heißen, von unten beleuchteten Wasser standen wir, sahen in den verschneiten Park hinaus. Vor dem gelben Licht der Laternen fielen Schneeflocken sachte, blieben auf den langen Armen der Tannen liegen. Wir hielten uns am Beckenrand fest, wie aufgeweichte Brotrinde gingen wir mit den Wellen mit. Die Schultern waren kalt, der Rest, Arme, Beine, Oberkörper, angenehm warm.

Ich sehe uns nebeneinander im dampfenden Becken stehen: mit nassen Köpfen, angeklebten Haaren. Ich bin viel größer als sie. Bewegt haben wir uns nicht, standen nur da. Dann, als die Haare fast gefroren waren, tauchten wir unter, weiter nach drinnen. Dort kletterten wir die silberne Leiter hoch, aus dem Becken. Sieh hin! Hinter der Glaswand laufen wir in Richtung der Duschen.

Heute Abend trägt meine Cousine ein dunkelblaues Kleid mit weißen Knöpfen auf dem Rücken. Dazu rote, flache Schuhe, die Haare liegen offen um ihre Schultern. Ich weiß nicht, ob sie sich jetzt mit mir zurückerinnert: Wie sie plötzlich hinter der gekachelten Wand des Männerumkleideraums auftaucht, sich in den weißen Kacheln spiegelt. »Komm!« Ich bin nackt, trockne mich gerade mit meinem Handtuch ab. Sie hat ihre Arme nach mir ausgestreckt, mich mit sich in eine dieser engen Kabinen gezogen. Wir haben nie darüber geredet, was dann passierte. Wir reden jetzt nicht darüber, als wir am Hallenbad vorbeigehen. Ich habe das Gefühl, drinnen, in einer der Umkleidekabinen, stehen wir immer noch: meine Cousine zitternd, im roten Badeanzug, ich nackt und hilflos, mit den Händen auf ihren Hüften. Diese Erinnerung scheint zu einem anderen Leben zu gehören. Nicht zu meinem, nicht zu dem meiner Cousine, denn wir reden nicht darüber. Hier draußen gehen wir weiter, den kleinen Hang hinauf. Gleich werden wir nebeneinander in der vorderen Reihe des Kurhauses sitzen.

Heike Geißler

Tigerfieber

Ich tigerte dir hinterher, ich war wie geeicht auf deinen Geruch, auf deine Gewohnheiten, die Gänge, die du täglich zu erledigen hattest. Ich hatte meine Spioninnen, allesamt waren sie in ähnlichen Situationen mit – rückblickend betrachtet – ähnlichen Männern, damals, natürlich, warst du noch kein Mann, und ich war weit davon entfernt, eine Frau zu sein. Heute sind wir ein Mann und eine Frau, wir sind nicht einander Mann und Frau, gelegentlich sehen wir jedoch so aus. Wie ein Paar, ich weiß, wir sehen wirklich gelegentlich aus wie ein richtiges Paar. Wir waren ein Paar, vor zehn Jahren waren wir das, nicht lange, und als wir kein Paar mehr waren, weil du mit einer anderen Frau ein neues Paar formtest, begann ich dir hinterherzutigern. Natürlich nannte ich das damals nicht so, ich hatte gar keinen Namen für das, was ich tat. Ich war allgegenwärtig und doch nie zu sehen, ich wusste mich gut zu verbergen, duckte mich unter Fenstern, hinter denen du standest, folgte dir verkleidet mit einer roten Langhaarperücke und auch nachts hinter einer Sonnenbrille versteckt, ich huschte durch jede Straße unserer Heimatstadt, um dich zu finden, um mit kleinstmöglichem Abstand bei dir zu sein. Ich lebte, als hätte es nur dich gegeben. Aber ja, es gab nur dich, dich Denkmal, dich Star, dich Lieblingssucht. Und wie eine Sucht warst du nicht gut für mich, alle Zigaretten, die ich bisher rauchte, waren besser für mich als du. Das denke ich, während ich auf den Zug aus Hamburg warte, den Zug, aus dem du steigen wirst.

Schön, dich zu sehen, wirst du sagen. *Ach ja*, wirst du sagen. Du wirst mir einen schnellen Kuss auf die Lippen setzen, nochmals *ach ja* sagen und mir die Mütze über die Augen ziehen. Ich werde ein wenig erröten, meine Mütze zurechtrücken, meine Hand in deine Jackentasche schieben, darin den kalten Futterstoff fühlen und deine Schlüssel zählen. Wir werden aussehen wie ein Paar, das schon lange eines ist, das weder Zeit noch euphorische Zärtlichkeit benötigt, um wieder miteinander vertraut zu sein. Während wir in Richtung Innenstadt gehen, wirst du erkunden, was sich seit dem letzten Besuch an den Gebäuden und in meinem Gesicht verändert hat. *Ach ja*, wirst du wiederholt sagen und deinen Arm um meine Schultern legen. Wir werden uns in ein Café setzen, irgendeines, werden essen, trinken und uns Anekdoten erzählen. Du von Frauen, ich von Männern. Wir werden über diese Anekdoten lachen und du wirst über den Tisch greifen, deine Hand auf meine legen und sagen: *Wie gut, dass du mir vergeben hast, wir würden uns sonst wohl gar nicht mehr kennen. Du bist mir wichtig*, wirst du sagen und ich werde dazu nicken. Wenn wir das Café verlassen haben, werde ich meine Hand wieder in deine Jackentasche stecken und deinen Arm auf meinen Schultern haben. Wir werden entlang des Flusses zu meiner Wohnung gehen, wir werden dabei noch immer wie ein Paar aussehen. Wie ein glückliches Paar, das einen nachmittäglichen Winterspaziergang unternimmt. In meiner Wohnung wirst du feststellen, etwas müde, genau genommen sogar ziemlich ausgelaugt zu sein. *Wir könnten uns hinlegen,* werde ich sagen, die Vorhänge im Schlafzimmer schließen, unter die Bettdecke kriechen, mich zur Wand drehen und gleich darauf deinen Körper an meinem spüren. Du wirst meinen Kopf streicheln, mein rechtes Ohr küssen, hineinpusten, bis ich protestiere und mich umdrehe, um wiederum dir ins Ohr zu pusten. Wir werden miteinander ringen, dabei lachen, immer lachen, wir werden uns schließlich küssen. Wenn wir eine Weile geküsst haben, werden wir die Kleider ablegen; du ziehst dich aus, ich ziehe mich aus. Wir werden miteinander schlafen. Danach wirst du deine Hose greifen, das Handy herausnehmen und am Kopfende des Bettes ablegen. Du wirst mich bitten dir eine Geschichte zu erzahlen, eine Geschichte, in der ein Elefant, ein Regenschirm, ein Monsieur, eine Nagelschere und eine Melone vorkommen müssen, und wirst mich ebenso bitten deinen Kopf auf meinen Bauch legen zu dürfen. Ich werde eine Geschichte erfinden, werde, sobald dein Atem ruhiger wird, den

Monsieur mit der Nagelschere die Melone zerteilen lassen, werde dem Monsieur großen Appetit unterstellen, ihn die ganze Melone allein aufessen lassen. Ich werde nicht schlafen, werde nur die Augen geschlossen halten und flach atmen. Ich werde meine Hände von deiner Stirn, von deinem Hals ziehen, wenn du vom Klingeln deines Handys aufschreckst, den Anruf entgegennimmst und nackt telefonierend ins Wohnzimmer gehst. Ich werde nichts verstehen, mir die Bettdecke bis zum Mund ziehen, dir zusehen bei der Rückkehr ins Schlafzimmer, beim Ankleiden. Ich werde sehr schläfrig wirken, während ich deinen Abschiedskuss und die bedauernden Worte ob der Kürze unseres Treffens liegend in Empfang nehme. Wenn du die Wohnungstür hinter dir ins Schloss fallen lässt, werde ich auf meinem Wecker sehen, dass es kurz vor neunzehn Uhr ist. Ich werde liegen bleiben, deinen Geruch wahrnehmen und irgendwann einschlafen. So wird es sein, in etwa so ist es immer gewesen, seit du mich verlassen hast.

Ich weiß nicht, warum du mich immer nur im Winter besuchst, ich habe dich nie gefragt, habe dir nie vorgeschlagen mich in der Stadt, in die ich nach dem Abitur zog, die schon im Frühling südländisch warm ist, zu einer anderen Zeit zu besuchen. Schon als ich zum ersten Mal auf dich wartete, habe ich gefroren, ich denke, ich habe jedes Mal, wenn ich auf dich wartete, gefroren, anders kann es nicht gewesen sein. Als ich zum ersten Mal auf dich wartete, stand ich vor einem Kino, stand länger als die anderen, die ebenso auf ihre Verabredungen warteten, und wurde sicherer, dass du mich hereingelegt haben musstest, dass ich auf einen dieser Späße hereingefallen war, die begehrte Jungs mit weniger begehrten Mädchen machen. Du warst der hübscheste Junge deines Jahrgangs, der hübscheste Junge der Schule, warst der, den jede kannte, den vermutlich fast jede wollte. Du warst der, der mir eines Nachmittags auf dem Schulhof einen Basketball ins Gesicht warf, versehentlich, und trotzdem war ich wütend, schimpfte dich einen rücksichtslosen Idioten, schimpfte so lange, bis ich merkte, dass es dir wirklich Leid tat, schimpfte sogar ein wenig länger, als hätte ich damals geahnt, dass ich bald schon all dein Tun verstehen und entschuldigen würde. Du warst der, der mich nach meinem Namen fragte, seinen aber nicht nannte; ich hätte dich fragen sollen, hätte wenigstens so tun sollen, als wüsste ich ihn nicht.

Du warst eine Klasse über mir, wir gingen seit drei Jahren in dieselbe Schule und an diesem Tag, da dein Ball mich traf, da ich mit blutender Nase vor dir stand, sahst du mich zum ersten Mal. Und vielleicht war das der Grund, dass ich eine Verabredung von dir verlangte, vielleicht wollte ich es dir unmöglich machen, mein Gesicht weiterhin nicht von anderen unterscheiden zu müssen. *Gut,* sagtest du, *morgen um acht vorm Marktkino, bis dann also,* sagtest du und warfst den Ball direkt in den Korb.

Dein Zug hat Verspätung. Ich überlege mich in ein Café zu setzen, von dort aus die Durchsage zur Einfahrt des Zuges zu erwarten, aber ich gehe stattdessen den Bahnsteig entlang, gehe, bis kein Dach mehr über mir ist, bis dorthin, wo der Bahnsteig bedeckt ist von gefrorenem Schneematsch, auf dem es sich beschwerlich laufen lässt. Es ist so kalt, dass meine Hände schon ganz dünn gefroren sind; ließe ich sie nach unten hängen, rutschten mir die Ringe von den Fingern. Keiner meiner Ringe hat etwas mit dir zu tun, ich habe mir oft gewünscht, dass es anders wäre, habe mir einen Ring aus Stanniolpapier geformt, ihn nachts getragen und *Ja* gesagt, wann immer du in meiner Vorstellung um meine Hand anhieltest. Aber davon weißt du nichts, das habe ich dir nie erzählt, ich habe dir auch nie erzählt, dass du der erste Mann warst, mit dem ich schlief. Mir ist, als müsste ich darüber lachen, dass du so wenig von mir weißt, dass fast alles, was du von mir weißt, aus der Zeit stammt, da wir in dieselbe Schule gingen, da wir für kurze Zeit ein Paar waren. Als du damals zum Kino kamst, entschuldigtest du dich nicht für die Verspätung, sagtest nur, du hättest dich für mich schön gemacht, und ich sagte *Aha*. Du schienst etwas von mir zu erwarten, du brachtest mich auch nach dem Kino nach Hause, fingst mich am nächsten Tag vor der Schule ab, ludst mich zum Essen ein und ich ging mit, weil ich verstehen wollte, warum du so zu mir warst, warum du auf einmal meine Nähe suchtest. Als ich es verstand, waren wir schon lange kein Paar mehr, waren nicht mehr in der Schule und lebten in verschiedenen Städten. Ich denke, du hast etwas verwechselt, hieltest meine Ahnungslosigkeit für Desinteresse und das spornte dich an mich für dich zu gewinnen. Du warst erfolgreich, sonst stünde ich nicht jetzt in der Kälte, scharrte mit den Füßen kleine Kerben ins Eis und wartete auf dich.

Mit dir fiel man auf. Die ganze Schule wusste, dass wir etwas miteinander hatten, bevor ich hätte sagen können, was wir miteinander hatten, und ich kam mir vor wie eine Berühmtheit, ich senkte den Blick, wenn ich spürte, dass man über uns sprach, wenn man tuschelte, ich sei doch die, mit der man dich häufig sehen würde. Drei Wochen verbrachten wir mit verschiedensten Unternehmungen und ich erzählte meinen Freundinnen, dass ich dich wie einen großen Bruder mochte, dass man mit dir lachen konnte, dass du nicht der Aufschneider seist, für den ich dich gehalten hatte. Ich ging davon aus, dass wir eine großartige Freundschaft geschaffen hatten, bis du mich auf deinem Geburtstagsfest küsstest und mich wieder und wieder küsstest. Mit diesen ersten Küssen locktest du aus mir heraus, wovor ich mich gehütet hatte, locktest so viel davon heraus, dass es dich nach einem Monat erschreckte. Natürlich nanntest du es nicht Schreck, du sagtest *ich mag dich*, du sagtest *aber*. Und du sagtest, da sei eine andere; und ich fragte, was ich nun machen solle, da doch die ganze Schule von uns wusste. *Wie stehe ich denn jetzt da?*, fragte ich und du sagtest:

Setz dich doch einfach. Du lachtest dazu, ich weiß noch heute, wie du damals lachtest, wie ich einstieg in dein Lachen, wie ich immer einstieg in dein Lachen. Ich weiß, dass ich allen, die mich bedauerten, als sie von unserer Trennung erfuhren, sagte, wir hätten uns für die Freundschaft entschieden, dass dies das Beste sei, und ich merkte damals zum ersten Mal, dass Zungen gelenkiger sind als Herzen. Mein Herz hielt an dir fest, denn ich hatte mir geschworen dich eines Tages zurückzubekommen. Und ich bekam dich oft zurück in den letzten zehn Jahren. Ich gewöhnte mich an dein Kommen und Gehen, so wie ich mich an das Rauchen gewöhnte, von dem ich seit unserer ersten Trennung nicht mehr lassen kann.

Zehn Jahre sind eine Menge. In zehn Jahren kann man viele Zigaretten rauchen, vom Mädchen zur Frau werden und vom Jungen zum Mann. Man kann so viele Zigaretten rauchen, dass man sich nicht mehr vorstellen kann ohne zu leben. Das denke ich, während ich am Ende des Bahnsteigs stehe und auf die Einfahrt deines Zuges warte. Ich kann mich nicht erinnern, wann ich das letzte Mal so gefroren habe, morgen werde ich krank sein. Morgen werde ich mir die Wärmflasche auf den Bauch legen, heißen Tee trinken und alles ausschwitzen. Ich werde an die Decke starren, bis keine Bilder sich mehr formen. Ich werde nicht ans Telefon gehen, nicht zum Briefkasten, ich werde niemandem die Tür öffnen. Ich werde für mich sein, werde nur die Stimmen meiner Nachbarn durch die Wände dringen hören. Ich werde dem ewig winselnden Hund aus dem Erdgeschoss keine beruhigenden Worte durch den Zeitungsschlitz flüstern. Ich werde nur liegen und schwer atmen, ich werde warten, dass die Krankheit geht.

Jens Petersen

Eine Begegnung

Plötzlich war Rebecca schwanger. Sie sagte es mir am Telefon, an einem Dienstagnachmittag; sie hatte diesen Test gemacht und war danach beim Arzt gewesen. Am Abend briet ich Pinienkerne, rote Zwiebeln und Räucherspeck, mischte alles mit Ruccolablättern, träufelte Balsamessig darüber und setzte mich in die S-Bahn.

Gegen acht war ich bei ihr. Das Haus lag direkt am Wannsee, mit Blick auf den kleinen Yachthafen. Vor dem Garagentor stand ein weißes BMW-Coupé; es war genau der Wagen, von dem Rebeccas Mutter geschwärmt hatte.

»Hallo«, sagte Rebecca und starrte auf die Salatschüssel. »Ich habe keinen Hunger.« Sie beugte sich vor und flüsterte: »Mein Busen ist gewachsen.«

»Ach«, sagte Rebeccas Mutter und streckte mir die Hand hin. »Schön, dich mal wiederzusehen. Möchtest du ein Glas Apfelsaft?«

»Lass ihn«, sagte Rebecca. »Wir müssen Mathe lernen.«

Wir gingen in ihr Zimmer und setzten uns auf den Teppich, zwischen zerfledderte Schulhefte, Videokassetten und Slips. Es roch nach süßem Parfum und Hasch.

»Willst du 'n Bier?«, fragte Rebecca.

»Weiß nicht«, sagte ich, »lieber nicht.«

Sie griff nach den Zigaretten und steckte sich eine an.

»Von wem ist es?«, fragte ich.

»Keine Ahnung. Martin. Frank. Oder der Typ aus La Coruña.« Sie sah auf den Fußboden. Ich wollte etwas sagen, das ihr irgendwie half; es musste ein Wort geben, einen Satz, aber mir fiel nichts ein. Wir schwiegen eine Weile. Ich sah ihr beim Rauchen zu, sah, wie die Rauchwolken aus ihrem Mund in der Luft des Zimmers zerflossen. Es gab keine schönere Frau auf der Welt.

»Mist«, sagte sie schließlich. »Ich sollte mit dir zusammen sein. Meine Mutter hat immer gesagt, dass wir irgendwann heiraten müssen.«

»Weiß nicht«, sagte ich, obwohl ich fand, dass sie Recht hatte.

Sie sah mich an und lächelte.

»Du bist eben nicht mein Typ.«

»Ach.« Ich zuckte die Schultern. Sie sagte so was alle paar Tage; ich glaubte, daran gewöhnt zu sein, und trotzdem spürte ich immer wieder einen Stich in der Brust.

»Was willst du jetzt machen?«, fragte ich.

»Es muss weg«, sagte sie. »Meine Eltern bringen mich um. O Mann.« Sie legte sich auf den Boden und streckte alle viere von sich.

Später saßen wir mit ihren Eltern auf der Terrasse. Die Beleuchtung des Yachthafens spiegelte sich im Wasser; auf dem Steg standen ein paar Leute in Polohemden herum. Einige hatten Hunde dabei, Setter und Golden Retriever.

Rebeccas Vater erklärte, wie man einen Truthahn tranchierte, warum er Maria Callas liebte und dass der Aufsichtsrat seinen Jahresabschluss genehmigt hatte. Ihre Mutter nickte; hin und wieder beteiligte sie sich am Gespräch, indem sie die Worte des Vaters einfach wiederholte. Als der Vater sagte: »Die Callas hat ein grandioses Tremolo«, sagte die Mutter: »Ja, ihr Tremolo ist grandios.«

Rebecca nippte an ihrem Weinglas und verdrehte die Augen. Ich musste etwas für sie tun; ich hielt ihr meine Jacke hin.

»Mir ist nicht kalt«, sagte sie und legte ihre nackten Füße auf den Stuhl gegenüber.

Schließlich kam ihr Vater auf den BMW zu sprechen.

»Du kostest mich eine Stange Geld«, sagte er zu seiner Frau und klopfte ihr auf die Schulter.

Sie nahm seine Hand und schob sie weg.

»Überleg mal, mit wessen Erbe du deine Schulden bezahlt hast«, sagte sie.

Er schüttelte den Kopf und schenkte ihr Weißwein nach.

»Schau dir das an«, sagte er und sog die Abendluft

ein. »Hier dürfen wir leben.« Seine Hand beschrieb einen Bogen, der den Wannsee, die Stadt oder die ganze Welt überspannte. »Hier dürfen wir leben und du musst nichts dafür tun.« Er grinste sie an und nickte.

»Wegen dir bin ich krank«, sagte sie.

»Ich geh ins Bett«, sagte Rebecca.

»Also«, sagte ich. »Die letzte S-Bahn fährt gleich und morgen ist ja Schule … wie jeden Tag, sozusagen … vielen Dank für die Gastfreundschaft …«

Bis Mitternacht lag ich wach. Ich hatte noch immer diese Tapete mit den fluoreszierenden Sternzeichen und manchmal steckte ich vor dem Einschlafen meinen Daumen in den Mund. Nebenan stritt meine Schwester am Telefon mit ihrem Freund.

Am nächsten Tag saß ich im Computerraum und suchte nach einer Website über Schwangerschaftsabbruch. Man konnte alle möglichen Bilder herunterladen: Säuglinge in Strampelhosen, konservierte Embryos in einer braunen Flüssigkeit, die Geräte der Gynäkologen – scharfe Löffel, Sauger … Es gab Foren, in denen Frauen, die gerade abgetrieben hatten, mit Schwangeren diskutierten. Unter dem Namen »Michaela« machte ich eine Weile mit, bis Rebecca hereinkam und sich neben mich setzte.

»Okay«, sagte sie. »Die Klinik hat mir einen Termin für den 12. gegeben, da sind meine Eltern in Düsseldorf bei irgendeinem Kongress. Hast du am 12. Zeit?«

Am 12. feierte meine Großmutter in Brandenburg

ihren Achtzigsten. Ich hatte mich schon darauf gefreut, sie endlich wiederzusehen.

»Kein Problem«, sagte ich. »Ich kann dich sogar hinbringen. Meine Schwester hat immer noch diesen Fiesta mit den getönten Scheiben.«

»Scheiß dir nicht in die Hose«, sagte Rebecca. Sie zog die Stirn in Falten. »Wir gehen dahin und wutsch. Zwei, drei Minuten. Da kriegst du Lachgas und so.«

»Bist du sicher?«

»Logisch.«

Während der nächsten Tage sprachen wir über alles andere, über die Zeit nach dem Abitur – Rebecca wollte für einen Monat nach Papua-Neuguinea fahren, obwohl ihre Eltern die Reise längst verboten hatten; sie wollte an der Humboldt-Uni Ethnologie studieren, obwohl ihr Vater bereit war die Studiengebühren für Internationales Recht in Brüssel zu zahlen; sie wollte neuen Hanf auf dem Balkon anbauen, obwohl ihre Mutter das Hausmädchen beauftragt hatte alle Topfpflanzen auf den Komposthaufen zu werfen.

Wir mieteten ein Kanu aus Holz und ruderten durch den Tiergarten. Wir sahen im Stadion Hertha gegen die Bayern gewinnen. Wir schwammen nackt im Wannsee – das letzte Mal diesen Sommer, wie Rebecca sagte.

Einmal schrie sie mich an; sie hatte vom Beratungsgespräch eine Broschüre mitgebracht, ich hatte sie auf dem Fenstersims im Esszimmer liegen lassen.

»Wenn meine Eltern das lesen, drehen die durch!«

»Entschuldigung«, sagte ich.

»Idiot!«, schrie sie, »du bist ein Idiot!«

»Ja«, sagte ich. »Du hast Recht.«

»Los«, schrie sie, »hau ab! Du gehst mir auf die Nerven!«

Ich lief zur Brücke, lehnte mich vor und biss mir auf die Zunge, bis meine Tränen hinunter ins grüne Wasser des Sees tropften.

Dann war es so weit. Ich parkte den Fiesta drei Straßen weiter, stieg am Uferweg über den Zaun, duckte mich hinter den Rhododendron, rief auf Rebeccas Handy an, ließ zweimal klingeln und legte auf. Kurz darauf erschien sie am Fenster und gab mir das vereinbarte Zeichen; ich rannte über den Rasen, öffnete die Terrassentür und schlich die Treppe hinauf in ihr Zimmer. Wir umarmten uns.

»Schön, dass du da bist«, flüsterte sie und küsste meine Wange.

Sie brachte aus dem Bad zwei Zahnbürsten und eine Tube Elmex. Wir putzten die Zähne und sahen uns an; zwischendurch hielt sie inne, weil ihre Mutter unten rief. Sie ging zur Tür.

»Was ist denn, Mama?«

»Ich stell dir die restliche Ente und etwas Rotkohl in den Kühlschrank.«

»Ja«, rief Rebecca. »Danke.«

Sie wandte sich zu mir. »Morgen um sechs hauen

die ab, ihr Flieger geht um halb acht ab Tegel.« An ihrem Kinn floss weißer Zahnpastaschaum herunter.

Wir zogen uns aus bis auf die Wäsche, legten uns nebeneinander und hielten uns fest wie nie. Ich spürte ihre weichen Schenkel, das Kitzeln ihrer Zehen.

»Ich glaube, es war Marcel«, sagte sie. »Ich hab's gern mit ihm gemacht. Beim Frühstück haben wir viel gelacht.«

Dann schlief sie ein; sie hatte zwei der kleinen Kapseln aus dem Necessaire ihrer Mutter genommen. Ich starrte auf die grelle Digitalanzeige des Radioweckers und dachte, dass wir besser Pizza essen gegangen wären, zu *Salvatore* oder ins *Bacio*. Ich legte die Hand auf ihren Bauch, aber ich spürte nur das sanfte Auf und Ab beim Atmen und den Puls dieser großen Ader, deren Namen ich eigentlich für die Bio-Klausur wissen musste.

Am Morgen hörte ich, wie ihre Eltern die Tür zuschlugen, den Motor des Wagens anließen und vom Grundstück fuhren. Rebecca schnarchte; ich rieb ihren Arm, bis sie blinzelte und sich streckte.

»Wie spät?«

»Kurz nach sechs.«

»Wir müssen los«, sagte sie, schloss die Augen und schlief wieder ein.

Im Bad drehte ich die Dusche auf, wusch ihr Haar mit Apfelshampoo und half ihr beim Abtrocknen.

»Ich will zurück ins Bett.«

»Bist du sicher?«

»Nein«, sagte sie. »Wo ist meine Tasche?« Sie schlüpfte in ihre Jeans und kramte ein geblümtes T-Shirt aus dem Wäschekorb. Ich stand noch in meinen Shorts da.

»Los, zieh dich an, wir kommen sonst zu spät. Wenigstens heute könntest du dich mal ein bisschen beeilen.«

»Tut mir Leid«, sagte ich. Ich ging zurück in ihr Zimmer und nahm das Sakko meines Konfirmandenanzugs vom Bügel. Meine Mutter hatte es extra mit der Fusselrolle bearbeitet; sie dachte, ich brauchte es für die Generalprobe mit dem Schulchor.

Wir fuhren am Ufer des Sees entlang, bogen ab auf die Hauptstraße und ließen die Villen hinter uns; auf ein kurzes Stück Wald folgte die Abfahrt zur Autobahn und schließlich das Schild »Charlottenburg«.

Rebecca drehte das Radio auf, drückte den Suchlauf, stoppte bei *Fritz* und lehnte den Kopf ans Seitenfenster.

»Alles klar bei dir?«

»Alles bestens«, sagte sie.

Wir parkten vor einem Coffeeshop und liefen das letzte Stück zu Fuß. An der Straßenecke winkte uns ein Zeitungshändler.

»Was zu lesen?«, fragte ich. »Könnte sein, dass wir warten müssen.«

Sie sagte nichts und ging weiter.

Das Gebäude war flach, am Eingang standen zwei Blumenkübel, in denen Löwenmäulchen blühten. Neben der Tür hing ein Schild, poliert, mit silbernen Buchstaben: »Klinik Doktor Weinhold. Gynäkologie und Geburtshilfe«.

Rebecca ging rein, ich folgte ihr. Sie sprach mit dem Jungen am Empfang, gab ihm ein Kuvert und ihre goldene Mastercard, unterschrieb Formulare.

»Warteraum A«, sagte der Junge. »Am Ende des Gangs links.«

Wir setzten uns auf die Stühle am Fenster. Es waren noch andere Leute da, eine Frau, die in einem Taschenbuch blätterte, und ein Mann, auf dessen Knien ein junges Mädchen schlief. An der Garderobe hingen zwei Anoraks und ein weißer Trenchcoat.

Rebecca beugte sich zu mir rüber.

»Der weiße Mantel da. Mein Vater hat auch so einen.«

»Meiner auch«, flüsterte ich.

Als ich den Arm um sie legen wollte, stand sie auf und betrachtete das Poster an der Wand, eine springende gelbe Kuh, darunter der Schriftzug »Franz Marc. Neue Nationalgalerie«.

Meine Hände zitterten; ich steckte sie in die Taschen. Rebecca setzte sich wieder hin.

»Schau nicht so«, sagte sie.

»Wie schau ich denn?«

»Blöd.«

Ich wusste nicht, was sie meinte; ich sah auf die Uhr, band mir den Schuh zu, suchte in der Sakkotasche, fand einen alten Kassenzettel, steckte ihn in die andere Tasche und sah wieder auf die Uhr.

Schließlich erschien der Junge vom Empfang und bat Rebecca ihm zu folgen. Ich stand auf und ging hinterher.

»Sie müssen leider warten. Es wird eine gute Stunde dauern, vielleicht ein bisschen weniger.«

»Ist okay«, sagte ich.

Bei einer Abtreibung konnte man sterben, ich hatte es auf der Homepage dieses Pharmakonzerns gelesen. Rebecca drehte sich noch einmal um, ich konnte ihre Miene nicht deuten. Ich ging nach draußen und holte Luft. Der Sommer lag in den letzten Zügen, ein gelbes Kastanienblatt wehte über den Gehsteig. Ich lief zurück zum Wagen, drehte die Parkscheibe auf halb neun und bestellte im Coffeeshop einen *Caramel Latte XXL*. Ich rieb mir die Augen, immer fester. Nichts zu denken war unmöglich.

Am Nachbartisch ließ jemand die Frankfurter Allgemeine sinken.

»Hallo«, sagte Rebeccas Vater. »Hat es Sie also heute nach Charlottenburg verschlagen.«

»Charlottenburg«, wiederholte ich und hielt mich am Stuhl fest.

»Sie haben wohl keinen Unterricht.«

»Nein«, sagte ich. »Frei.«

Er lehnte sich zurück und verschränkte die Hände vor seinem Bauch.

»Wegen der Lehrerin.«

»Die Lehrerin«, sagte er. »Was hat sie denn, Ihre Lehrerin?«

»Sie ist krank.«

Er grinste. »Lehrer sind ständig krank.« Er hob die Espressotasse zum Mund, sehr langsam, und trank einen Schluck. An seiner Oberlippe blieb eine dunkle Spur zurück.

»Sie hat Krebs«, sagte ich.

»Krebs.«

»Überall.«

»Das tut mir Leid«, sagte er.

Die Kellnerin stellte den *Caramel Latte XXL* vor mich auf den Tisch. Rebeccas Vater holte eine Schachtel Zigarillos hervor.

»Möchten Sie einen?«

»Danke. Ich rauche nicht.«

»Das ist gut«, sagte er. »Dann werde ich auch nicht rauchen.« In seinem Blick lag wieder diese Entschlossenheit, die ich von unserem Abend auf der Terrasse kannte.

»Und Sie, ich meine, Sie wollten doch zu dem Kongress nach Düsseldorf fliegen ...«

Er räusperte sich. »Der Kongress«, sagte er. »Rebecca hat Ihnen davon erzählt? Der Kongress wurde abgesagt. Ich habe auch frei, genau wie Sie.«

»Ach so«, sagte ich.

Er faltete die Zeitung zusammen, klemmte einen Zehn-Euro-Schein unter die Espressotasse, sah auf die Uhr und stand auf.

»So langsam muss ich weiter, meinen Wagen abholen. Ich habe ihn waschen und wachsen lassen. Der Sommer geht bald zu Ende. Sie sind eingeladen.«

Als er gegangen war, zitterte ich umso stärker. Ich fragte mich, wie er von der Sache mit Rebecca erfahren hatte. Vielleicht kannte er den Arzt, diesen Doktor Weinhold, oder er hatte ihr Telefongespräch mit der Klinik belauscht. Aber die Sache ging nicht auf. Ein Mann wie er, dachte ich, hätte offen mit mir gesprochen.

Ich ließ den *Latte* stehen und folgte ihm bis zur Kreuzung. Er wartete an der Ampel, wippte von einem Bein aufs andere, zog ein Taschentuch hervor, schnäuzte sich, überquerte die Straße und betrat die Klinik. Plötzlich war ich sicher, dass der Moment nahte, in dem ich Rebecca helfen, ihren Vater besänftigen, einen Teil seines Unverständnisses abfangen und hinterfragen konnte. Er verschwand im Warteraum. Es gab keinen Zweifel, dass unsere Begegnung einen tieferen *Sinn* hatte. Ich nickte dem Jungen am Empfang zu und ging hinterher.

Auf einem der Stühle am Fenster saß Rebeccas Mutter. Sie zupfte am Griff ihrer Handtasche und starrte die gelbe Kuh an. Als sie mich sah, fuhr sie zusammen.

»Es wird schwierig. Ich weiß«, sagte ich.

Für einen Moment war es still. Die beiden blickten

sich an, mit halb geöffneten Mündern. Ich wusste, dass ich rot wurde; Schweiß rann mir von der Stirn.

»Ein schnelles Wiedersehen«, sagte der Vater schließlich und gab mir einen Knuff. Er nahm den Trenchcoat von der Garderobe, wandte sich seiner Frau zu und legte ihr die Hand auf den Rücken, als wollte er ihr beim Aufstehen helfen.

»Geh schon vor, Schatz«, sagte er. »Ich bin gleich bei dir.«

Er küsste ihre Wange und hielt die Tür auf. Sie nickte mir zu und ging, mit kleinen, müden Schritten; sie trug Turnschuhe und eine Jeans.

»Tja«, sagte der Vater. Wir waren allein im Warteraum. »Ich hätte mir denken können, dass Ihre Lehrerin hier in Behandlung ist.«

Er streckte sich, sein Magen knurrte.

»Wissen Sie, ich will ehrlich sein. Der Kongress war nie geplant. Ich glaube, Sie verstehen das. Sie sind ein intelligenter Junge. Wir wollten Rebecca nicht beunruhigen.«

Er kratzte sich am Hinterkopf.

»Es wäre schön, wenn diese Begegnung unter uns bleiben könnte.«

»Ist okay«, sagte ich. Etwas anderes fiel mir nicht ein.

»Gut. Haben Sie Lust, am Wochenende mit uns zu essen? Ich kenne einen wunderbaren Japaner am Lützowplatz.«

»Am Wochenende«, sagte ich. »Da habe ich, glaube ich, keine Zeit.«

»Dann kommen Sie in den nächsten Tagen doch einfach ganz spontan vorbei, ich habe noch ein paar Flaschen vom besten Bordeaux im Keller.«

»Ich werd's versuchen«, sagte ich.

»Sie sind ein toller Kerl. Ich bin stolz, dass meine Tochter mit Ihnen befreundet ist. Wir sehen uns«, sagte er und gab mir noch einen Knuff.

Ich setzte mich wieder auf den Plastikstuhl am Fenster. Mein Kopf tat weh; ich schloss die Augen und versuchte nachzudenken. Plötzlich kam Rebecca herein; sie blieb in der Mitte des Raums stehen. Ich sprang auf und drückte sie an mich, lange, so fest ich konnte. Sie reagierte nicht. Ihr Haar roch noch immer nach Apfelshampoo.

»Und?«

»Hauen wir ab.«

Als wir nebeneinander gingen, sie vor sich hin starrte, der Zigarettenrauch aus ihrem Mund in der Luft des Berliner Morgens zerfloss, fiel mir wieder auf, wie schön Rebecca war. Es gab so viele Dinge, die ich ihr sagen wollte, aber ich hielt erst mal den Mund. Ich wusste nicht, wie man sich nach so einer Abtreibung fühlte, als Frau, meine ich.

Wir warteten kurz an der Ampel. Dann überquerten wir die Straße, stiegen ins Auto und fuhren los, raus aus Charlottenburg, an diesem Berliner Spätsommermorgen.

Simone Buchholz

Warum die Liebe flüchtig ist

Sie sitzt auf einer Bank und hat ihren Kopf in der Hand. Die Bank steht auf dem wahrscheinlich ödesten Autobahnrastplatz der Republik und neben der Bank liegen eine leere Coladose und ein Hund. Der Hund gehört dem Mädchen nicht, er ist nur zufällig da, so wie alles in ihrem Leben. Ein Mann hat sie in seinem Mercedes mitgenommen, doch dann wurde er schlüpfrig und sie ist lieber ausgestiegen. Das war vor fünf Stunden und seitdem sitzt sie auf der Bank und wartet, dass etwas passiert. Ihr Kopf ist vom vielen Warten schon so schwer, dass sie ihn kaum noch halten kann. Linker Hand ist das Rasthaus, vor dem die Leute halten, wenn sie mal müssen.

Er braucht gar nicht groß zu bremsen, um die Ausfahrt zu erwischen. Sein alter Ford kann nicht schneller als hundert fahren. Er dreht die Musik leiser und schämt sich gleich ein bisschen, weil er jetzt hört, dass er ordentlich falsch singt. Sein Auto ist zu groß, um es elegant einzuparken. Er stellt es links neben den vorgeschriebenen Parkplätzen ab, steigt aus und geht ins Rasthaus rein. Er muss mal.

Sie kramt in ihrem Mantel, weil sie rauchen will.

Die Schachtel ist leer, schlecht. Sie nimmt ihre Tasche und läuft auf das Rasthaus zu, der Hund steht auf und kommt mit. Neben dem Rasthaus parkt ein verbeultes Auto. Das Auto gefällt ihr gut, sie bleibt stehen und fasst es an, streicht über die Kühlerhaube. Fühlt sich an wie ein alter Mann, denkt sie. Der Hund steht ganz dicht neben ihr.

Er kauft noch schnell Zigaretten, bevor er zum Auto zurückgeht. Draußen wird es langsam Spätnachmittag. »Das ist die Zeit, die ich am liebsten mag«, reimt er vor sich hin, zündet sich eine Zigarette an und beobachtet das Mädchen, das sein Auto streichelt. Sie sieht müde aus, aber auch hübsch, er schaut sie gerne an. Sie hat dünne, rote Haare, ohne Frisur. Und ihre Augen sind etwas zu groß geraten. Es scheint sie nicht zu stören, dass ihr Kleid durchsichtig ist, na ja, vielleicht doch ein bisschen, sie trägt einen alten Mantel drüber. Er schmeißt seine Zigarette weg und tut so, als würde er sie nicht sehen.

»Schau mal«, sagt das Mädchen zu dem Hund, »da hat jemand zu viele Zigaretten.« Der Hund schmatzt und setzt sich auf ihren Fuß. Das macht ihr Mut und so bleibt sie neben dem Auto stehen, bis der junge Mann »Guten Tag« sagt. »Hallo«, sagt sie. Sie sieht in sein Gesicht und sie hat einen Augenblick lang das Gefühl, dass das Leben ganz einfach ist, dass es nichts kostet und es gut mit ihr meint. »Ist das dein Hund?«, fragt er. Sie schaut den Hund an, der immer noch auf ihrem Fuß sitzt, und weil das Leben gerade so einfach ist, sagt sie: »Ja. Wir reisen gemeinsam.« Der Hund wedelt mit dem Schwanz. »Wo reist ihr denn hin?«, fragt der junge Mann.

»Wir wollen ans Meer«, sagt das Mädchen. »Na so was«, sagt er, »da will ich auch hin.« So kommt es, dass der Hund und das Mädchen in den Ford steigen und zusammen mit dem jungen Mann und dem Spätnachmittag in Richtung Meer fahren. Als dann die Sonne untergeht und der Spätnachmittag dem Abend Platz macht, will der junge Mann das Schiebedach zukurbeln. Er berührt dabei aus Versehen die Schulter des Mädchens und es ist für beide, als hätte es nach langer Zeit aufgehört zu regnen. Der Hund darf hinten in der Mitte sitzen.

Der Hund muss ganz dringend mal Gassi. Er weiß, dass sie von alleine nicht drauf kommen, also fiept er von der Rückbank aus nach vorne. Das Mädchen schaut ihn mit riesigen Augen an und fragt ihn was, redet mit dem jungen Mann und der hält dann auch bald. Tür auf, Hund raus, schnell ein schönes Stück Wiese suchen, aber nicht zu weit gehen, immer das Auto im Blick haben. Sie dürfen ihn nicht verlassen, jetzt, wo er sie endlich gefunden hat. Jetzt, wo er endlich nicht mehr alleine ist. Er sitzt im Gras und schaut ihnen zu, wie sie vor dem Auto stehen und rauchen. Der junge Mann ist fast zwei Köpfe größer als das Mädchen, sie müsste sich auf die Zehenspitzen stellen, um ihn zu küssen. Oder er müsste sich runterbeugen und das tut er jetzt auch, sie küssen sich, das Mädchen hält ganz still. Der Hund läuft zum Auto und springt auf die Rückbank, der junge Mann nimmt das Mädchen in die Arme und hebt sie in den Himmel.

Als der Hund aufwacht, ist es schon Nacht. Das Mädchen streichelt seinen Kopf und lockt ihn aus dem Auto. Sie gehen zu dritt in ein großes Haus rein, zwei Treppen hoch, der junge Mann schließt eine Tür auf. Der Hund muss jetzt erst mal in alle Ecken des Zimmers riechen. Das Paar steht am Fenster und hält sich an den Händen, dann legen sie sich ins Bett. Der Hund hört auf im Zimmer rumzuriechen. Er will auch ins Bett, will nicht alleine auf dem Fußboden schlafen. Er robbt auf dem Bauch zum Bett hin, bleibt am Fußende liegen und wartet.

Die beiden reden leise miteinander, irgendwann dann nicht mehr, der Hund kann hören, wie tief sie atmen und schlafen. Er legt die Vorderpfoten auf die Matratze, zieht sich langsam hoch, jetzt nur keinen Krach machen, dann ist er drin, kriecht unter die Decke, warm ist es da, hallo, ich bin's, darf ich? Er arbeitet sich weiter vor, weiter in Richtung Wärme, immer schöner wird es, riecht nach Milch, nach Welpe-Sein. Das Mädchen bewegt sich, der Hund winselt, jetzt wird sie ihn wohl rausschmeißen, zack, aus die Maus, vorbei mit Nicht-alleine-Sein. Ihre Hand ist schon auf seinem Rücken, aber sie schiebt ihn nicht weg. Sie zieht ihn hoch, bis dahin, wo er ihr Herz klopfen hört.

Der junge Mann legt seinen Arm um die Taille des

Mädchens und holt sie näher an sich ran, ihre Gesichter berühren sich fast, der Hund liegt dazwischen und kriegt kaum noch Luft. Dafür kriegt er aber eine Riesenportion Glück ab. Der Hund denkt, dass jemand Honig über ihn gegossen haben muss, so weich ist die Welt grade. Er wüsste nicht, was ihm hier Angst machen könnte, nicht mal der Mann mit dem Stock, dem er vor Jahren davongelaufen ist. Das Mädchen fängt an den jungen Mann zu küssen. Und der Hund hört zu, schmiegt sich fest an beider Herzen ran, hat keine Angst mehr im Kopf und auch keine Einsamkeit, hier geht er nie wieder weg, hier bleibt er für immer, besser geht's nicht. Dann fallen ihm die Augen zu, aber er wehrt sich, er will nicht einschlafen, er muss wachsam sein, sonst gehen sie vielleicht weg und lassen ihn alleine. Doch dann spürt er die Hand des Mädchens auf seinem Kopf, sie streichelt ihn und flüstert dem jungen Mann was ins Ohr. Und der Hund weiß jetzt, dass sie ihn niemals verlassen werden.

Das Mädchen wacht auf, weil ein Hundeohr auf ihrer Nase liegt. Sie sieht den Kopf des Hundes neben sich liegen und auch den jungen Mann. Beide haben sie die Augen zu und den Mund offen. Das Mädchen regt sich vorsichtig, ihr tut der Rücken weh und kalt ist ihr auch. Sie kennt das Gefühl, fremd zu sein, sich am falschen Ort wiederzufinden. Rastlos und auf der Hatz. Sie mag das Gefühl nicht, sie weiß, dass es Einsamkeit bedeutet. Zeit aufzubrechen. Neben dem Bett liegen ihr Kleid und ihr Mantel. Sie steht auf, zieht sich an. Es fällt ihr nicht leicht, ihr Herz ist wund, sie weiß nicht, warum sie immerzu weggehen muss. Vielleicht, weil es sowieso wehtut, am Ende, weil es immer wehtut und sie davon genug hat. Sie schaut die beiden noch mal an, der Hund liegt nah an dem jungen Mann dran. Dann nimmt sie zwei Zigaretten aus der Hose, die auf dem Boden liegt, verlässt das Hotel und stellt sich in Richtung Norden an die Straße.

Der Hund spürt die Kälte an seinem Bauch irgendwann gegen Mittag. Er braucht nicht lange, um zu kapieren, was passiert ist. Die Leute gehen immer weg, sie sind nur auf der Welt, um ihn zu verlassen. Der junge Mann liegt neben ihm und hält ihn fest.

»Sei nicht traurig«, sagt er zu dem Hund, »du hättest doch gleich darauf kommen können, dass sie ein Schmetterling ist. Das dünne Kleid trägt sie nur, damit sie besser fliegen kann.« Er streichelt das struppige Fell des Hundes, er hat keine Ahnung, wie er ihm sonst helfen könnte, er hat vorher noch nie einen weinenden Hund im Arm gehabt. Er steht auf, zieht sich an, den Hund lässt er dabei nicht los. »Komm, Alter«, sagt er, »jetzt fahren wir aber ans Meer«, und dann setzen sie sich ins Auto, der Hund sitzt auf seinem Schoß. Am Ende der Straße können sie die Berge sehen, die voller Wolken hängen. »Blöde, dass es immer regnet, wenn man sich begegnet«, reimt er und dann gibt er Gas.

Biografien

Simone Buchholz, geb. 1972 in Hanau, studierte Philosophie und Literaturwissenschaften und lebt heute als freie Journalistin und Autorin in Hamburg. Ihre erste Buchveröffentlichung erschien 2003 unter dem Titel »Der Trick ist zu atmen«. – »Warum die Liebe flüchtig ist« © bei der Autorin

Jefferson Chase, geb. 1966 in Springfield, Massachusetts, USA. Studierte deutsche Literatur und lebt zurzeit als freier Autor, Übersetzer und Journalist in Berlin. Eine erste Buchveröffentlichung ist in Vorbereitung. – »Beggars Banquet« © beim Autor

Tanja Dückers, geb. 1968 in Berlin, studierte Germanistik und Nordamerikanistik und lebt heute als freie Schriftstellerin in ihrer Heimatstadt. Sie hat mehrere Gedichtbände, einen Erzählungsband und zwei Romane veröffentlicht, zuletzt »Himmelskörper« (2003). – »Die Wüste Gobi« © bei der Autorin

Heike Geißler, geb. 1977 in Riesa, studierte Amerikanistik, Politik und Geografie sowie Hispanistik und Literaturwissenschaften und lebt heute als freie Autorin in Halle an der Saale. Ihre erste Buchveröffentlichung erschien 2002 unter dem Titel »Rosa«. – »Tigerfieber« © bei der Autorin

Bettina Gundermann, geb. 1969 in Dortmund, war als Tanzdozentin tätig und lebt heute als freie Schriftstellerin in ihrer Heimatstadt. Ihre erste Buchveröffentlichung erschien 2001 unter dem Titel »lines«. – »Stattdessen sagt Lia« © bei der Autorin

Alexa Hennig von Lange, geb. 1973 in Hannover, war Model und Drehbuchautorin für RTL und lebt heute als freie Schriftstellerin in Berlin. Seit 1997 hat sie mehrere Theaterstücke, eine Erzählung und vier Romane veröffentlicht, zuletzt »Woher ich komme« (2003). – »Im Park« © bei der Autorin

Björn Kern, geb. 1978 in Schopfheim, studiert neuere deutsche Literatur, Romanistik und Geschichte in Tübingen. Seine erste Buchveröffentlichung erschien 2001 unter dem Titel »Kipppunkt«. – »Wie war ich?« © beim Autor

Jan Koneffke, geb. 1960 in Darmstadt, studierte Philosophie und Germanistik und lebt heute als freier Schriftsteller in Wien. Er hat zwei Gedichtbände und drei Romane veröffentlicht, zuletzt »Paul Schatz im Uhrenkasten« (2000). – »Klavierstundenliebe« © beim Autor

Henriette Kuhrt, geb. 1977 in Hamburg, studiert Journalistik, Politik und Wirtschaftsgeschichte in München. Im Herbst erscheint ihr erster Erzählungsband unter dem Titel »Milchmädchenrechnungen«. – »Oh Boy« © bei der Autorin

Axel Niebergall, geb. 1975 in der Lüneburger Heide, studierte Geschichte und Archäologie in München und schreibt dort zurzeit an seinem ersten Roman. – »Der Zirkusbär« © beim Autor

Jens Petersen, geb. 1976 in Pinneberg, studierte Medizin in München und schreibt dort zurzeit an seinem ersten Roman. – »Eine Begegnung« © beim Autor

Antje Wagner, geb. 1974 in Wittenberg, studierte deutsche und amerikanische Literatur und Kulturwissenschaften und lebt heute als freie Schriftstellerin in Potsdam. Sie hat zwei Romane und zwei Erzählungsbände veröffentlicht, zuletzt »Mottenlicht« (2003). – »Niederwald« © bei der Autorin

Michael Weins, geb. 1971 in Köln, studierte Psychologie und lebt heute als freier Schriftsteller in Hamburg. Seine erste Buchveröffentlichung erschien 2002 unter dem Titel »Goldener Reiter«. – »Schnute« © beim Autor

Michael Wildenhain, geb. 1958 in Berlin, studierte Informatik und lebt heute als freier Schriftsteller in Berlin. Er hat Gedichtbände, Theaterstücke, Erzählungen, Romane und Jugendbücher veröffentlicht, zuletzt »Der Augenblick des Absprungs« (2001). – »Meine Cousine Iris« © beim Autor